はつ恋社長と花よめ修行

CROSS NOVELS

高峰あいす
NOVEL:Aisu Takamine

サマミヤアカザ
ILLUST:Akaza Samamiya

CROSS NOVELS

CONTENTS

CROSS NOVELS

CONTENTS

はつ恋社長と花よめ修行

高峰あいす
Takamine Aisu
Illust サマミヤアカザ

CROSS NOVELS

その日は朝から雨が降っていたと、梨乃《りの》は記憶している。

確か彼が訪れる数日前に十三歳の誕生日を祖父母と祝った記憶があるから、もう五年も前のことだ。

幼い頃から気管支が弱くよく熱を出していた梨乃は、医者の勧めもあって中学は空気の綺麗《きれい》な田舎で過ごすことになった。

梨乃の両親は共働きの上に、仕事柄海外出張が多い。十、歳《とし》の離れた兄が一人いるが、大学を卒業して直《す》ぐに人脈を生かした人材マッチングの会社を立ち上げて、丁度軌道に乗ってきたところだ。

なかなか団らんに恵まれない家族だけれど仲は良く、それぞれ梨乃を手元に置いて看病したいと申し出たが、それは梨乃の方から断った。

忙しい両親と兄の手を煩わせるより、祖父母の元で静養している方がよいと判断したのだ。それに父方の祖父母が営む温泉旅館『ななの宿』は山間にあり、療養にはぴったりの場所といえる。

秋から冬にかけては紅葉や雪景色目当ての観光客で賑《にぎ》わうが、それでも都会の喧騒《けんそう》と比べれば格段に静かだった。

そんな場所だから、オフシーズンになると客足はぱたりと途絶える。

特にこの梅雨の時期は、どこの宿もがらがらで一時的に閉めてしまう所もあるほどだ。

「――ええ、かまいませんけど。はい……男性、お一人ですね」

「どうしたのお婆《ばあ》ちゃん」

夕食後、咳《せき》を抑える薬を飲み終えた梨乃は、難しい顔をして受話器を置いた祖母に問いかける。

「今から一人お客さんを入れてもらえないかって、観光協会の山田《やまだ》さんから連絡があったのよ。お食事作らないと。お爺《じい》さん、布団とタオルの用意お願いしますよ」

「こんな時期に？　またネットとやらで、『座敷童《ざしきわらし》』が話題にでもされたか？」

祖父が少しばかりの皮肉を込めて笑うのには、訳があった。

今は寂れかけた温泉街だが、一時期『座敷童の出る宿がある』と旅行雑誌に特集を組まれた事がある。実際この周辺には座敷童の伝承もあったので噂《うわさ》は瞬く間に広がり、どの宿もお客で溢《あふ》れかえった。

しかし、実は潰《つぶ》れかけた旅館が観光協会の宣伝部と手を組み、まことしやかに話をでっち上げて雑誌に取材までさせたと暴露された。当然ながら村では大問題になり、良識のある村民が否定をした。

ところが事態は、思わぬ方向に転がる。

嘘《うそ》だったと否定すればするほど、観光客は何故か『御利益があるのを隠して、村だけのものにしようとしている』とまで言われるようになってしまったのだ。

これにはみんな頭を抱えたけれど、物珍しさでやってくる観光客は次第に減り、今ではたまにネット上で噂になる程度だ。

一時期の賑わいが嘘のように、静かな温泉街に戻ったけれど祖父母は今くらいの方が丁度いいと笑っている。

「お爺さん。笑ってないで支度してくださいな」

「しかし、嘘の作り話とはいえ座敷童の御利益もあなどれんな」

祖母に叱《しか》られると、祖父が舌をぺろりと出してはげ上がった頭を下げる。小太りの祖父は、ちょっとした仕草でも愛嬌《あいきょう》があり、温泉街の名物爺さんとして知られている存在だ。

「お爺ちゃん、やっぱり座敷童がいるって本当？」

「どうかのう。わしらにとっちゃ、梨乃が座敷童みたいなもんじゃ」

温泉街の中でもこの『ななの宿』は、かなり老舗《しにせ》の部類に入る。耐震工事はしてあるが、外見は古く部屋数も少ない。

そのせいか、座敷童ブームのときは『この宿に出る』と勝手に認定された事もあるほどだ。

「それにしても、珍しいねえ。最近流行《はや》りの、自分探しというものかしら？　山田さんが、お客さんの顔色が悪いから心配してたけど……」

「うちの温泉に浸《つ》かって、婆さんの美味《うま》い飯を食えば鬱々《うつうつ》した気持ちも吹っ飛んじまうさ」

からからと笑う祖父に、不安げだった梨乃はほっと息を吐く。

寂れているとはいっても、国内ではそれなりに名の知れた温泉地だ。季節外れにふらりと立ち寄る変わり客がいてもおかしくはない。

「さあ、梨乃はもう寝なさい。今夜は冷えるそうだから少し熱が出るだろうね。替えの浴衣は用意してあるから、汗をかいたら着替えるんだよ」

「はい」

少しの気温差でも、梨乃の体調は崩れてしまう。都会に住んでいたときは全く予測がつかずいきなり高熱を出して寝込むことも多かったのだが、田舎に来てからは祖父母がすぐ梨乃の変化を察してくれるので重篤《じゅうとく》な事には殆《ほとん》どならない。

「そうじゃ、来週には浩一《こういち》君が来るそうだ」

「お兄ちゃんが来るの？」

梨乃は、優しい兄のことを思い浮かべ、ぱあっと笑顔になった。

会社を立ち上げたばかりで忙しいのに、なかなか海外から帰ってこられない両親に代わり、梨乃の様子を見に来てくれるのだ。

「じゃから、早《はよ》う寝て。熱を長引かせないように治してしまうんだぞ」

「うん」

素直に頷《うなず》いて、梨乃は浴衣の上から丹前《たんぜん》を羽織りなおす。こちらに来てから、梨乃の部屋着は浴衣に丹前が定番になっていた。

熱を出して寝汗をかいたときは、浴衣の方が着替えがしやすいと気がついたのがその理由だ。

二階の端にある自室に戻る途中で、梨乃は階段の踊り場に造られた窓から何気なく外を見る。

温泉街の活性化運動の一環で備えつけられた、青銅のガス灯が淡い光を放っていた。丁度、その下を一人の男が小さなカートを引いて歩いてくる。

——お客さんて、あの人かな。俳優さんみたいだけど、撮影があるって聞いてないし……。

温泉地という事もあって、たまに都会からドラマのロケが来たりもする。けれど主に使われるのは、駅前のホテルかもっと大きな老舗旅館だ。

宿の場所を確かめているのか、ガス灯の下で立ち止まり、手にしたメモと周囲を暫《しばら》く見比べる。

何気ないその仕草に梨乃は見惚《みと》れてしまい、頬《ほお》が次第に熱くなるのを感じる。

決して派手な顔立ちではないが、凛《りん》として彫りの深い目元が印象的だ。なにより纏《まと》う清涼な雰囲気に、視線が離せなくなる。

しかし男は梨乃の視線に気付かないまま、足早に『ななの宿』と書かれた門を潜《くぐ》った。

『ななの宿』も温泉街の中では古株だけれど、明治《めいじ》時代に建てられた二階建ての家屋と掛け流し温泉が自慢というごく普通の宿だ。

お客も常連が殆どの上に、ネットにも掲載されていないから老夫婦が半ば趣味で経営しているようなもので、あの『座敷童騒ぎ』の時でさえ鄙《ひな》びた外観に眉《まゆ》を顰《ひそ》めて帰ってしまった客もいたほどだ。

だから新規の客が観光案内所から紹介されてきても、適当な事を言って泊まらずに帰ってしまうこともままある。

——お婆ちゃんのご飯、美味《おい》しいし。泊まってくれればいいんだけど。

今ならまだ、終電で街の方に引き返せる。温泉宿はないが、全国チェーンのビジネスホテルが駅前にあるのだ。

だが、梨乃の考えは杞憂《きゆう》に終わる。玄関の方から祖母の明るい声が聞こえてきたのだ。

祖母の声音から、男が宿泊することになったのだと察した梨乃は、ほっと息を吐いて自室に戻った。


その夜。

喉《のど》の渇きで目を覚ました梨乃は、寝汗で濡《ぬ》れた浴衣を着替えると水を飲もうとして起き上がる。

けれど、いつも用意してある水筒がないことに気がついた。

——お水、用意するの忘れてた。

自分の体調は大体分かるから、今夜はそう熱が上がらないと思い油断していた。動けないほどではないが、熱で頭がくらくらとする。

けれど飲まないともっと辛《つら》くなるのは分かっていたので、梨乃は丹前に袖《そで》を通し部屋を出る。

台所は一階にあり、客室のある廊下を通る必要がある。

廊下に置かれた柱時計は、午前二時を指していた。既にあのお客は寝ているだろうから、梨乃は足音を忍ばせて廊下を進む。

しかしすぐ、階段近くの部屋から灯《あか》りが漏れていることに気がついた。

祖父母が寝ているのは一階なので、夕方に来た客が泊まっている部屋だと気付く。一瞬引き返そうかと梨乃は迷う。部屋の前を通らなければ、階段には行けない。

——戻ろうかな、でも……そういえばお婆ちゃん、あのお客さんの顔色が悪いとかって言ってたような……まさか倒れてたらどうしよう。

梨乃は足音を忍ばせて近づき、薄く開いた襖《ふすま》から中を覗《のぞ》き込む。するとそこには、不思議な光景が広がっていた。

鮮やかな花や鳥の描かれた、着物が数枚。それらを写したと思われる写真などが、無造作に散らばっている。

「わあ……」

着物好きの祖母の影響で、幼い頃から和服に触れる機会の多かった梨乃だがここまで見事な着物は見たことがない。

普段、素朴な柄しか見たことのない梨乃は思わず感嘆の溜息《ためいき》を零《こぼ》した。すると襖に背を向けていた客の男が、梨乃の気配に気付いて肩越しに振り返る。

「誰だ？　……子供？」

しっかりと視線が合わさってしまったので、誤魔化《ごまか》すことは無理だ。お客の部屋を覗くなど、不躾《ぶしつけ》にも程がある。

観光協会にクレームでも入れれば、叱られるだけでは済まないだろう。

「ごめんなさい」

梨乃は逃げるよりも、正直に謝る事を選ぶ。廊下に正座をし両手をついて頭を下げると、男が近づいてきた。

「怒ってないよ、それより廊下は寒いだろう。よければ中においで」

優しい声に促され、梨乃はおずおずと部屋に入る。

「こんな夜中に、どうしたんだい」

「喉……渇いて。お水飲もうと思って。そしたら、お部屋に灯りがついてたから」

しどろもどろに説明する梨乃だが、その視線は床に広げられた着物に釘付《くぎづ》けだ。

「着物が好きなのかい？」

「好き」

尋ねられた梨乃は、即答する。今着ている浴衣も、祖母から貰《もら》ったものだ。青と白の縞《しま》模様で、祖母曰《いわ》く『ハイカラ』な柄らしい。

男は部屋に備えつけられているポットを手に取り、湯飲みに白湯《さゆ》を注いで梨乃に渡してくれる。

「よければ、君が眠くなるまでいてくれないかな。一人で考え込んでいると、どうも気分が沈んでしまって……ああ、こんなこと頼んですまない」

「そんなことないです。こんな綺麗な着物を見られるなんて、初めてだから嬉《うれ》しい！」

普段なら客の部屋に入るどころか、挨拶《あいさつ》以外は喋《しゃべ》りもしない。けれど珍しい着物と、熱のせいでテンションが上がっているのか、梨乃は笑顔で頷く。

渡された白湯を飲み干すと、喉の痛みも落ち着き改めて梨乃は無造作に置かれた着物が気になってくる。

その中に、一枚の古びた写真があることに気付き手を伸ばす。写っているのは、日本髪を結った女性だ。

豪華な模様の着物と帯を纏《まと》い、踊りの途中なのか軽く腰を落としたポーズを取っている。

「きらきらして、ひらひらして……天女様みたい」

「この人は私の曾《そう》祖母なんだ。当時には珍しく、カラー写真なんだよ」

「お兄さんは、着物を作る人なの？」

「作るというか、職人の纏め役みたいなものかな。図案を考える人や、糸を紡ぐ人。他にも細かい行程を経て、着物は出来上がるんだ。その指揮を執るのが、私の役目。まだまだ若輩だけどね」

曖昧《あいまい》に微笑《ほほえ》む青年に、梨乃は小首を傾《かし》げる。

「纏めるお仕事の人は、絵も描くの？　それって、着物の絵でしょう？」

座卓にはノートパソコンと、ペンタブが置かれていた。画面には華やかな模様が映し出されていて、作業の途中だったたのは間違いない。

「ああ、これは半分趣味で描いててね。今日は資料集めに行った帰りなんだ」

だから色々な着物の写真や、端布《はぎれ》などが広げられているのだと梨乃は納得した。

「すごい！」

「でも……思うように描けなくてね。いい加減、止《や》めようかと思ってる」

「そうなの？　すごく綺麗だと思うけど」

お世辞ではなく、梨乃の素直な感想が伝わったのか青年の表情が和《やわ》らぐ。

「自信を持って見せられるものができたら、着てもらえるかな？」

「うん」

「実はね、新しいデザインの帯や着物を作る企画をしているのだけど、今回はいい案が浮かばなくてね。応援してくれてる家族や職人さん達にも、迷惑をかけたくないし。これ以上時間がかかるようなら、きっぱりデザインは止めようと……どうしたんだい？」

梨乃は右手の人差し指で、自分の眉間《みけん》に触れる。

「こんな綺麗《きれい》な絵が描けるのに、やめちゃうなんて勿体《もったい》ないよ」

熱のせいか、梨乃は普段なら言えないような事を口にしてしまう。人見知りで、家族以外とは挨拶くらいしかできない梨乃自身、内心驚いていた。

青年も梨乃の指摘に驚いたのか、暫く黙り込んでいたがどうしてかくすくすと笑い出す。

「君は不思議な子だね。そうだ……頼みがあるのだけど」

傍らに置いてあったカートから、風呂敷に包まれたものを青年が取り出す。結び目を解き風呂敷を広げると、中には一枚の着物があった。

「これを羽織ってみてくれないか？」

「いいの？」

明るいねずみ色の落ち着いた色合いのそれは、裾《すそ》の部分に鮮やかな牡丹《ぼたん》が描き込まれている。

「すごく綺麗。これって、絵羽《えば》模様って言うんだよね。僕知ってるよ」

祖母に教えてもらった知識を梨乃は得意げに披露した。

着物の柄は、反物の段階で入れられる事が殆どだ。けれど絵羽模様は、繋《つな》がりが不自然にならないよう、裁断してから絵付けや刺繍《ししゅう》をする。

「よく知ってるね。これは祖父が手がけたもので、私のお守りなんだ。この古い柄も私は好きだし、特定のデザインに固執しない新しいものにも可能性があると思っている。この絵も、絵羽の下絵に使えたらと思って描いているんだ」

口ぶりから、この着物がとても大切にされていると梨乃も察した。しかしそんな大切なものを、自分が着ていいのかと迷う。

「これはちょっと難しい着物なんだ。けれど君なら、着こなせると思ってね」

言う意味がよく分からなかったけれど、ともかく青年が梨乃に着てもらいたがっているのは本心のようだ。

梨乃は丹前を脱ぐと、浴衣の上から単衣を羽織る。浴衣より生地がしっかりとしており、下の柄が透けることはない。

「思った通りだ。いや、それ以上かもしれない」

梨乃はその場で立ち上がり、くるりと回ってみせる。するとますます青年は嬉しそうに微笑むので、梨乃も嬉しくなってくる。

「君なら、この帯や着物も似合うだろうね」

そう言って差し出されたのは、数枚の写真だ。どれも広げた状態で飾られており、人が着ている写真はない。

「これは、飾るだけなの?」

先程見せてもらった、青年の曾祖母が着ている写真の方が立体的で分かりやすい。しかし青年は首を横に振る。

「これは、昔から『着る人を選ぶ』と言われてる着物達でね。文化的な価値もあるから、虫干しのときくらいしか出せないんだよ」

「お兄さんのものなんでしょう？」

「そうなんだけど、色々と手続きや職人さんの許可が必要なんだ。唯一、着物に認められた曾祖母だけが自由に扱えていたけれど。亡くなってからは誰も袖《そで》を通してない」

着物に認められる、という言葉は不思議だったけれど、何故か梨乃は理屈ではなく感覚で納得した。

――でも、試してみなくちゃ、着物だって着てくれる人が選べない。

遠慮をして仕舞い込んでいては、出会いの機会は減るだけだ。

「そんなの、着物も帯も可哀想。着てみなくちゃ、似合うかそうじゃないかなんて分からないよ」

いつもの梨乃なら、初対面の大人に意見など絶対にしない。けれど写真を眺めていると自然に言葉が出てくる。

「……確かに、そうだね」

「新しいものも古いものも、大切に使わなきゃ駄目だってお婆ちゃんが言ってた」

青年は明らかに年下の梨乃を諭すこともせず、神妙な顔で耳を傾けている。

「しまってたら勿体ないよ」

「ありがとう。ああ、格好悪いところを見せてしまったな」

「え？　お兄さん格好いいよ」

着たままでは汗が染みそうだったから、梨乃は手早く単衣を脱いで丁寧にたたむ。流石《さすが》に、彼が大切にしている着物を汚すのは躊躇《ためら》われる。

——この人は大人だから、もっと難しい事が沢山あるんだろうけど。気持ちが沈んでたら、できるものもできなくなっちゃう。

よく見れば切れ長の目の下には、寝不足なのか隈《くま》が浮いている。普段から食事もあまり取っていないのか、頬もこころなしか瘦《こ》けている。

「もう遅いから寝よう。寝不足だと、良い考えが浮かばないんだって。僕も寝るから、お兄さんも今夜はゆっくり休んで……わあっ」

気がつけば、一時間近くも話し込んでしまっていた。梨乃は立ち上がって部屋に戻ろうとするけれど、熱のせいで足下がおぼつかず倒れそうになる。

そんな梨乃を、青年がしっかりと抱き支えた。

「朝になったら起こすから、今日はここで寝て行きなさい。ああ、ご両親に怒られてしまうね」

他に泊まり客がいないと知らないのか、青年は梨乃が他の客室に泊まっている子と勘違いをしたようだ。ふらつく梨乃が余程心配らしく、青年が梨乃の額《ひたい》に手を当てて眉を顰める。

大きな手は冷たくて心地よく、梨乃は無意識に顔をすり寄せた。

「お父さんもお母さんもいないから平気だよ。……けど……お爺ちゃん達に知られたら、怒られる」

「ご両親はいないのか。不躾な事を聞いてしまったね、すまない」

梨乃の言葉を勘違いしたのか、青年が真顔で謝罪する。訂正しようとするけど、梨乃が口を開く前に青年が一つの提案をした。

「旅館の人には秘密にしておくから、泊まっていってくれないか？　カートに入ってる、他の着物も全部並べて一緒に寝よう」

——僕も旅館の人なんだけどな……。

とても魅力的な提案に抗《あらが》えず、梨乃はこくりと頷いてしまう。

そのまま隣の間に敷かれた布団に横たえられた梨乃は、離れようとする青年の手をきゅっと握った。

「私はもう少し、仕事をしてから寝るよ。布団も敷かないと……」

「まだお仕事するの？　駄目だよ、一緒に寝よう……それに、今夜は冷えるから……一緒がいいな」

これまでお客にこんな我が儘《まま》を言ったことはなかった。それ以前に、祖父母に内緒で、客室に出入りしたこともない。

けれど今は、この人をひとりにしてはいけないような気がして、梨乃は懸命に訴えかける。

「あのね、お兄さん。すごく疲れてる感じがするんだ。嫌な熱が出る前の感じと似てるの。嘘じゃないよ、信じて」

上手に説明ができないけれど、自分が熱を出しやすい体質のせいか具合の悪い人は、なんとなく見分けがついてしまうのだ。

「君の言葉を疑うつもりはないよ。確かにこのところ、激務が続いて不眠症気味でもあったからね。しかし、困ったな……」

どうして青年が困惑しているのかよく分からなかったけれど、梨乃が手を離さないことで諦《あきら》めたのか浴衣姿で横に入り込んでくる。

布団は一組だけれど、元々細い梨乃は青年に抱き込まれると、二人はすっぽりと収まることができた。

灯りを落とすと梨乃は熱で、青年は疲れが溜《た》まっていたのか殆ど同時に寝息を立て始めた。


そして翌日、障子の隙間《すきま》から差し込む朝日で目が覚めた梨乃は程なく我に返った。暖かくして眠ったお陰か、すっかり熱は下がっている。

しかし、自分を抱き込むようにして眠る青年は、まだ熟睡したまま。

——今のうちに、部屋に戻らないと。

いくらお客が許したとはいえ、勝手に入り込んで寝てしまうなんて祖父母に知られたら大事だ。

そっと身を起こし、周囲に広げられた彼の持ち込んだ着物や帯をたたむ。もっと眺めていたかったけれど、梨乃はぐっと我慢する。

「これからも頑張ってね。でも無理したら駄目だよ」

昨夜とは違い、青年は気持ちよさそうに寝息を立てている。切羽詰まった陰りは消えており、梨乃はほっと胸をなで下ろす。

「よかった。熱は大丈夫みたい」

そう呟《つぶや》くと、梨乃は彼の頬に唇を落とす。これは梨乃が幼い頃、熱がぶり返さないようにと母がしてくれたおまじないだ。

「これでよし」

朝日の中で穏やかに眠る彼を見つめていた梨乃は、急に胸が締めつけられるような感覚を覚える。

頬が熱くなり、鼓動がやけに煩《うるさ》く感じる。

――なんなんだろう、この気持ち……。

相手は男の人で、旅館のお客さんだ。

名前も聞いていないのに、急に離れがたくなってくる。けれどあと三十分もすれば、朝ご飯の時間だから祖母が梨乃の部屋へ呼びに来るはずだ。

いないと分かれば、旅館内を探すに決まっている。そこでお客の部屋にいたなんて知られたら、叱られてしまう。

同性相手にこんな気持ちになった事がなかった梨乃は、自分のしでかした事にパニックに陥る。

――ともかく、戻ろう。

急に気恥ずかしくなって、梨乃は慌てて客室を飛び出すと自室に戻って布団に潜り込んだ。

——夢ではないよな。

頬に残る柔らかな感触を確認するように、修平《しゅうへい》は横たわったまま右手で自分の顔を触る。

肩口より少し下で揃《そろ》えられた髪に、大きな黒い瞳。そして浴衣の袖から覗く華奢《きゃしゃ》な手首。まるで人形のような白い肌が、目に焼きついて離れない。

まだ子供の域を出ない少女に恋心を抱くなど宜《よろ》しくないと頭では分かっているが、着物を纏って微笑む姿に心を奪われたのは事実だ。

どこか焦った様子で布団から出て行く少女を引き留めようとしたけれど、僅《わず》かの差で彼女は自分の手をすり抜けてしまった。

呆然《ぼうぜん》としていると、襖を隔てた廊下から女将《おかみ》である老女の声が聞こえてくる。

「大杉《おおすぎ》様、そろそろ朝ご飯にしても宜しいでしょうか？」

「ちょっと寝過ごしてしまったので、三十分ほど待って頂けますか」

「分かりました。ではお支度ができましたら、内線でお呼びください」

昨日泊まる際に、自分で指定した朝食の時間になっていると気付いて、修平は起き上がると身支度を整える。

——こんなに熟睡したのは、久しぶりだ。

京都《きょうと》にある老舗呉服店を、祖父から正式に継いだのは昨年の事だ。まだ二十三歳の若輩の身で大丈夫なのかと周囲から心配する声もあるけれど、馴染《なじ》みの客や抱えている職人達の支えもあってそれなりに順調だ。

本来なら修平の父が継ぐべきところなのだが、祖父曰く『人がよすぎて商売に向かん』との事らしく、一応役職持ちではあるが事実上の引退状態になっている。

いくら実子とはいえ、穿《うが》った見方をすれば無視された形で経営から外されたにも拘《かかわ》らず、両親は恨み言どころかのほほんとして『早く隠居できて助かるよ』と気楽なものだ。そんな親を見れば、やはり自分が継がねばという変な使命感も出てきて、修平は大学卒業後から文字通り身を削って家を支えてきたのである。

初めは反対していた親族も、真摯《しんし》な修平の仕事ぶりを評価してくれるようになった。

けれど昨年、意外な事から転機が訪れる。

若い社長達で作る集まりで、何か目新しい事をしようじゃないかという話が持ち上がったのだ。所謂《いわゆる》『町おこし』の一環だが、それぞれ老舗の旦那《だんな》衆という事もありお客に困っているわけではない。

けれど今の状況に胡座《あぐら》をかいているのもどうかという流れで、それぞれ本業に関わる形で新事業を始めようと決まった。

老舗と言っても古いものに拘《こだわ》る訳ではなく、その時代に合わせた文化を取り込んで成長してきた歴史がある。

祖父も若い社長達の考え方には賛成してくれたので、修平は興味のあった『現代風の絵羽模様』に取り組んだのだが……正直なところ、微妙だ。

以前、祖父も手がけていたと聞いていたので基本は教わったが、どうにも納得のゆく作品が作れない。

これでセンスがないなら諦めもつくのだけれど、新人賞やら雑誌に取り上げられたりなど、評価を得てしまっているので止めるに止められないのが現状なのである。いっそ暫くは本格的に取り組んでみようかと気合いを入れた矢先、今度は静観していた遠縁の親族からいい加減にしろと横やりが入った。

新しいデザインなんて考えてないで、職人に指示を出して町おこしをしている風を装えばいい。という周囲の圧力に辟易《へきえき》していたところ、偶然電車を乗り過ごしてこの温泉地にたどり着いたのである。

——あの子は、美しかった。

祖父が自ら筆を執り、絵付けした着物を羽織って裾をひらひらとさせながら回る姿はさながら天女だった。

ほの暗い電球が陰影を際立たせ、幽玄の出来事のように感じられた。しかしそんな少女の姿にだけでなく、言葉にも心を揺さぶられた。

「帯が可哀想か。あんなことは、初めて言われたな」

古い着物を管理するのは、当主として当然の役目である。

しかし袖を通す人がいなければ、意味がない。

修平は色々と考えながら身支度を整え、朝食を取った。できれば最後に少女と話をしたかったが、今日中に戻らなければ仕事に支障が出る。

「――予約もなしに来て、すみませんでした」

「いいえ、こちらはいつでも大歓迎ですよ。一応観光地なのに、人が少なくて驚いたんじゃないですか？」

女将の言葉に、修平は苦笑しつつ頷く。

確かに温泉地として名は知られているが、一年を通して客を呼べるような催し物や施設があるわけでもない。昨日も駅前の観光案内所へ入った修平に、雑誌を読んで寛《くつろ》いでいた係の男が慌てたのを覚えている。

玄関先で会計を済ませながら、修平は旅館の女将の老女に思い切って尋ねてみた。

「ええ、でもお陰で思いがけない出会いもありましたし。助かりました。自分の仕事に自信が持てなくなっていたんですけど、お嬢さんと話して前向きになれたんです」

すると女将が、怪訝《けげん》そうに首を傾げる。

「出会い？」

「お嬢さんに勇気づけられました。仲居さんにしてはお若かったから、御家族と思ったのですが。他の部屋のお客さんだったのかな」

すると女将は、奥の台所に向かって声を張り上げる。

「お爺さん。昨日は大杉様がみえてから、誰も来ませんでしたよねえ?」

「ああ。お客はあんた一人だけだが。どうかしたのか」

「うちの旅館に、お嬢さんがいたって……」

「お客様が、仲居どころか女の子なんていませんよ。ずっと婆さんとわしの二人で、きりもりしとるんだ」

奥からはげ頭の老人が出てきて、女将と顔を見合わせた。二人とも口調は穏やかで、とても嘘をついてるようには見えない。

「お爺さん。もしかして……座敷童じゃありませんか?」

「なにを馬鹿なことを言うとるんじゃ」

けらけら笑う老人の隣で、女将は神妙な表情をして黙り込む。

「座敷童?」

修平が問いかけると、首を捻《ひね》りながらも女将が説明をしてくれた。

「このあたりには、座敷童の言い伝えが残っているんですよ。随分前に地主さんのとこに居着いてたみたいだけど、子供がみんな都会に出て継ぐ人もいなくなってねえ。残ってたご夫婦も土地を売って、去年特養のホーム入ってしまったし。寂しくなってうちに来てくれたのかしら」

「だと有り難いんじゃがな。まああんなのはうそ……」

「お爺さん!」

女将と違い夫の方は全く信じていないようだ。だからといって、修平の話を否定する事もない。

「なにがあったか分からんが、ともかく元気になったようでよかった。来たときは顔色が悪くて、心配しとったんじゃ」

「もう、この人ったら余計な事しか言わないんだから。すみませんねえ」

慌てた様子で女将が言葉を遮るが、その先に続くだろう言葉は大体想像がつく。

確かに昨日は心身共に疲れ切っていて、端《はた》から見れば重病人と勘違いされてもおかしくなかったはずだ。

「お気を遣わせてしまってすみませんでした。もしよろしければ、私のブログでこちらの旅館を紹介させてもらってもいいですか?」

名刺を出すと、老夫婦はぽかんとして修平をまじまじと見つめる。

「あんた、有名な呉服問屋の……いやあ、こんなぼろ旅館に泊まらせて失礼した。紹介してもらえるならそりゃ願ってもないが。しかし座敷童に助けられたのは、うちの方かもしれんなあ」

「いつでもいらして下さいな、大杉様。女の子のことが分かったら、ご連絡しますね」

「よろしくお願いします」

丁寧に頭を下げると、修平は気の良い夫婦の経営する旅館を後にした。


その翌年、修平は名の通った賞を立て続けに取り、晴れてデザイナーとして認められた。どうせ実家のコネだと陰口を叩《たた》く者もいたが、国内だけでなく海外からも注目され取材を受けるようになると、いつしかやっかみの声は消えていた。

その間、支えてくれた職人達との絆《きずな》も蔑《ないがし》ろにせず、若い人向けの安価で手軽だが伝統も残した柄を発案した。全ての仕事をこなすのは流石に無理があると気遣う職人もいたけれど、不思議なほどの事業も上手く行き、体調を崩すこともない。

精力的に働く修平の周囲には老若男女関わらず、職人や様々な分野で活躍する技術者達も集まるようになり『町おこし』の代表的な立場になった。

そして修平は、長年の夢だった自身のデザインを基軸とした新ブランドを正式に立ち上げたのである。

とんとん拍子に事業が軌道に乗っていることもあり、以前は無謀だなんだと口出ししてきた一部の親戚《しんせき》も今では修平の能力を認めて協力的だ。

順風満帆で充実した日々を送る修平だが、一つだけ心の隅に引っかかっていることがある。疲れ切って偶然訪れた温泉旅館で出会った少女のことだ。

旅館には忙しくて行けなくなってしまったが、経営者夫婦とは手紙の遣《や》り取りをしている。折に触れて少女の居場所を尋ねるのだが、返ってくるのはやはり『座敷童ではないか』という見解だ。

普通ならばからかわれていると思うところだけれど、あの夜の事を思い出せばあながち嘘とも思えない。それに古くから続く家柄のせいか、所謂『守り神』的な存在は実家にも伝えられている。

考えた末、修平は季節ごとに少女に似合いそうな浴衣と甘味、そして御神酒《おみき》を旅館に送り、大切に奉るよう頼んだのである。

中学時代を祖父母の元で過ごした梨乃は、高校は実家のある都心に進学することに決めた。両親は梨乃の体調を考えて反対したけれど、デザイン専門学科のある高校は都内にしかなかったので、半ば強引に受験したのだ。

しかし受かったはいいものの、親の不安は的中し折角《せっかく》丈夫になりかけた体はまた虚弱な体質に戻ってしまった。それでも梨乃は兄のマンションから高校に通い、出席日数ギリギリで卒業を迎える。

翌年は職業実践専門課程の認定がされた専門学校に入ったが、結局一カ月で休学。

学校側と話し合った結果、今年一年は通信制の学科を受講し、来年度から改めて夜間学部に入学すると決まった。

『まずは、体調を戻すこと』と兄から注意され、この春から再び祖父母の経営する旅館暮らしだ。

中学時代のように居候をするのは気が引けるので、体力作りも兼ねて旅館内の掃除などを手伝っている。お陰で以前よりは熱を出す事も減り、来年からはまた兄のマンションから通学できそうだ。

「よう。元気だったか？」

「兄さん！」

「あらあら、来るなら連絡くらいしなさいよ浩一」

ふらりと旅館の玄関先に現れた兄に、梨乃と祖母は笑みを浮かべる。梨乃の両親同様、兄も仕事人間なので滅多に来る事はない。

「ばあちゃんも梨乃も、元気そうだな。じいちゃんは？」

「居間でテレビ見てるわよ。今日はお客さんも来る予定がないから、ゆっくりしておいき」

町おこしで春の桜と秋の紅葉を売りにしているから、丁度初夏の今時分は観光客が少なくなる。静かな時間を好む常連客には好評だが、経営側にとっては手放しで喜べない。

「浩一、あんたの会社で何か企画したら？　観光協会の人達が喜ぶわよ」

「簡単に言うなよ。それにうちがタイアップするのは、デザイン関係がメインだからなあ」

兄の仕事は、平たく言えば『イベント企画』だ。他にも異業種の人材交流や、目新しい事業の発掘などを手がけている。

将来はデザイン関係の仕事に就きたいと考えていた梨乃に、技能を身につけるなら大学の他にも専門学校があると教えてくれたのも兄だ。仕事で忙しい中、帰国できない両親に代わって進路指導の相談に乗り、助言もしてくれている。

療養のために旅館へ戻った梨乃に勉強になるだろうと、ネットで遣《や》り取りするＷＥＢデザインのバイトまで斡旋してくれていた。

「ちゃんと勉強してるか？」

「勿論。あの人に会うために頑張ってきたんだもん。絶対諦めないよ」

丁度五年前、旅館に一人の青年が立ち寄った。彼が見せてくれた手描きの着物が切っ掛けで、梨乃は服飾関係のデザイナーを目指そうと決めたのだ。

本当は着物を学びたかったのだけれど、基本的な事が何も分かってない上に、そういった伝統のある職は弟子入りが条件になる事が多いと知った。

弟子入りとなれば、まず問題になるのは梨乃の体力面だ。冷静に考えて無理だと判断した結果、兄の助言でまずは基礎デザインの勉強から始めることになったのだ。

「どうせ音《ね》を上げるだろうと思ってたけど、梨乃は意外と根性あるよな」

「そりゃそうよ。梨乃ちゃんは浩一お兄ちゃんと違って、真面目《まじめ》だからねえ」

祖母が少しばかり意地悪く言うのには、訳がある。デザイン関係の仕事をしているせいなのか、本人の趣味なのかは分からないが、兄の服装はとにかく派手だ。

体格も梨乃と違ってがっしりとしており、サングラスをかけると祖母が嫌う『都会のチャラ男《お》』という人種にしか見えない。

兄自身は真面目な性格で、家族思いなのは皆が知っている。

しかし祖母からすると、短髪の髪を金に染めた兄は二十八歳にも拘らず高校生の不良と変わらないらしい。

「とりあえず上がりなさい。あんたの好きな芋羊羹《ようかん》切ってくるから」

「ありがとう、ばあちゃん」

なんだかんだ言いつつ、祖母にしてみれば梨乃も浩一も可愛い孫なのだ。

「ねえ、新しいお仕事の話聞かせてよ。母さん達とは連絡取ってる？」

兄の手を引き、梨乃は居間へと向かう。

「ああ、来週から都内の展示場で、最近話題になってる着物作家を集めたギャラリーを開くんだ。マスコミやセレブ連中にも声かけしてあるから、かなり派手に取り上げられるぞ」

「凄《すご》いなあ」

梨乃にとっては、憧《あこが》れの世界だ。兄の口から語られる仕事内容を聞く度に、頭に浮かぶのは五年前に着せてもらった着物と青年との思い出。

「あの人も来るかな？」

着物作家なら、もしかしたらあのお客も何かしらの形で関わっているかもしれない。そう思って兄を見上げてくるけれど、難しそうに肩を竦《すく》められる。

「名前が分かればなあ……お前、聞いてないんだろう？」

「うん……」

あの夜、梨乃は客の名前を聞かなかった。勝手にお客の部屋へ入ったことを叱られると思い、未《いま》だに祖父母に尋ねることもしていない。

こっそり宿帳を覗き見しようとした事もあったけれど、旅館組合から『個人情報保護』の名目で管理を厳しくするよう連絡がきた直後という事もあって、お客が来るとき以外は殆ど金庫にしまわれていた。

「おお浩一か、元気でやっとるか？」

「久しぶり。じいちゃんも元気そうだな」

「しかし相変わらず、妙な格好じゃな。わしは好きだが」

居間に入るとお茶を飲んでいた祖父が振り返り、笑顔を見せた。この街から出たことのない祖父だが、都会の流行り物には興味津々で、祖母が不良だと叱る浩一の格好も、ハイカラだと褒めるのだ。

「あ、じいちゃん。今見てるの、俺が企画した展示会だぜ」

「ほう」

丁度午後のバラエティで、司会のアナウンサーが設営途中の会場を回り何事かを説明している。

――大きな会場……えっ？

インタビュー画面に切り替わった瞬間、梨乃は息を呑《の》んだ。そこにはマイクを向けられ、にこやかに対応する青年が映っていた。

すぐに彼が、あの日旅館に来た青年だと理解し、そしてすっかり忘れていた恥ずかしい記憶まで蘇《よみがえ》ってしまう。

――あの人だ……僕……お婆ちゃん達に叱られるのが怖くてお見送りしなかったって思い込んでたけど……違う。お別れするのが寂しかったんだ。

当時はそんな子供じみた行動で、これまでずっと後悔することになるとは考えてもみなかった。

真っ赤になった梨乃に、隣に座る兄が怪訝そうに声をかける。

「どうした、梨乃？」

「な、なんでもない」

取り繕いながらも、視線はテレビ画面から外せない。彼が誰なのか知るチャンスが巡ってきて、嬉しいやら恥ずかしいやらで梨乃は軽くパニックになる。

けれど少しして、彼が泊まりに来たときと同じような顔をしていると気付いてしまう。笑顔でインタビューに答えているが、声の調子がよくない。

――喉、調子が悪いんだ。熱が出るほどじゃないけど、疲れが溜まり始めてる。

あの時もそうだったが、彼は体調が悪くても我慢しがちなタイプの性格だ。誰かが気付いて休養させなくては、長期的な療養が必要になると梨乃は直感的に思う。

「お爺ちゃん、あの人覚えてる？」

藁《わら》にもすがる思いで祖父に問うと、思いがけない答えが返された。

「季節外れに、うちに来たお客さんだろ？　夕食に出した筍《たけのこ》の漬物をえらく気に入ってくれて、そこから話が弾んでなあ。立派になったもんだ。毎年年賀状をくれるぞ。大杉……なんじゃったか」

「大杉修平。あいつ、京都にある老舗呉服店の跡取りで有名人だぜ。どうしてこんなとこに泊まったんだよ」

兄の疑問は当然だ。一駅戻れば全国チェーンのビジネスホテルがあり、駅前にも立派な老舗旅館が建っている。

旅館は予約制だが、そんな有名な彼ならば名刺を出せば泊まれたはずだ。

「観光案内所のやつが気を利かせてうちを紹介したんだ。あの時は随分疲れた顔をしてたからなあ。でかいとこだと、部屋で倒れても気がつかんじゃろ？　その点うちなら、ちょっと素振りがおかしけりゃ婆さんも気付く」

「あー……そういう訳ありだったのか」

納得した様子で兄が頷くと、羊羹を持ってきた祖母が皿を並べながらくすくすと笑う。

「ただねえ、あの人。うちに座敷童がいるって信じちゃってるのよ。あれ、梨乃ちゃんの事でしょう？」

「知ってたの？」

てっきりバレていないと思っていたので、祖母の告白に梨乃は青ざめる。しかし祖母は咎《とが》めるつもりはないらしく、楽しげに笑うばかりだ。

「あの時は人見知りの梨乃が、お客の部屋に入るなんて考えもせんかったからなあ。けれど、大杉さんが毎年『座敷童にお供えして欲しい』と、着物や御神酒を届けてくれるんで……もしかしたらと思い始めたんじゃが。今更違うとも言い出せなくてな」

「大杉さんも梨乃の事が切っ掛けで、お仕事も増えたみたいだし。それに梨乃ちゃん、言うと気にすると思って話さなかったのよ」

頂いた着物も、学生の梨乃が持つには高価すぎると祖母が判断して、成人するまでは仕舞っていたのだと話してくれる。

確かに梨乃が着物の存在を知ったなら、純粋に浮かれて普段着代わりに着ていただろう。その天真爛漫《らんまん》さが良いところだと祖父は擁護してくれるけど、祖母としては着物を守る事に重点を置いたようだ。

「そうだったんだ……ごめんなさい」

「いいのよ。えっと『結果オーライ』って事よね」

幸い大杉の勘違いもあったとはいえ、もし観光協会に苦情が行っていたら大事になっていたに違いない。

「しかし梨乃が座敷童か。観光協会の嘘も、本当になっちまうとはな。とすると俺は……」

「いいとこ、塗り壁じゃろ」

「酷《ひど》いな、じいちゃん」

「こんなちゃらちゃらした妖怪《ようかい》がいるもんですか。妖怪に失礼よ」

「ばあちゃんまで」

がっくりと肩を落とす兄の横で、梨乃はやっと知ることのできた名前を呟く。

「そっか、大杉さんていうんだ。凄い人だったんだね」

「梨乃？」

「旅館に来たときにね、納得できるデザインの着物が作れたら、僕に着て欲しいって言われてたんだけど。そんな有名な人じゃ無理だよね」

あの夜、梨乃は大杉の事を『素敵な絵の描ける人』という認識しかなかった。だから彼の言葉に頷いてしまったが、今の大杉が自分を見てあの時の『座敷童』と認識してくれるか分からない。

黙って梨乃の話を聞いていた浩一が、鞄《かばん》から徐《おもむろ》にスマートフォンを出す。

「この展示会、俺のとこがメインで企画してるやつだし。梨乃も来るか？　関係者用のパスくらいは用意できるぞ」

「いいの？」

「任せとけ。お前は全然我が儘言わないからな。たまには無理言って、困らせてくれた方が兄としては嬉しいんだ」

話しながら浩一が、何処《どこ》かに電話を始めた。

「……ああ、俺。悪いけど、スタッフのパス一枚余分に取っておいてくれ」

それだけ言うと、すぐに通話を切ってしまう。急展開に事態の呑み込めない梨乃の横で、祖父母がはしゃぎ出す。

「そうねえ、折角だから行ってらっしゃいな。あ、梨乃ちゃん。向こうに着いたら、歌舞伎座《かぶきざ》のパンフレット送って頂戴《ちょうだい》な」

「お土産、楽しみにしとるぞ。わしは美味いモンならなんでもええ」

「じいさん達の許可も出たし、問題ないよな梨乃」

「……うん」

ぽかんとしている梨乃の横で、計画は着々と進められていく。

我に返ったときには既に数日分の泊まりの荷物が纏められており、梨乃は翌日の昼には兄と共に都心に戻る列車に乗っていた。

半年前までは兄のマンションと病院を行ったり来たりしていたので、梨乃は都心の混雑に困ることはなかった。

幸い会場までは電車で数駅の距離だったこともあり、途中で気分が悪くなる心配もなさそうだ。念のため緊急連絡先を兄の住所に登録したスマートフォンを買ってもらい、梨乃は展示会初日に兄と共に会場へと向かう。

しかし会場入りして程なく、兄は仕事関係の呼び出しがかかり、一時間ほど別行動をする事になった。

『書類の確認だけだから、三十分ほどで終わらせる。それまで好きに見学しておいで』と言われて、梨乃は頷くしかない。

正直、広い会場に放り出されるのは怖かったけれど、一人は嫌だと我が儘を言える状況でないのは梨乃も分かっている。

しかも周囲は最新のデザインドレスや柄物のスーツで正装した大人ばかりで、薄いグレーのロングTシャツに黒のアンクルパンツという地味な出《い》で立ちは、ある意味悪目立ちをしている。一応兄が見立ててくれた服だから、サイズは丁度いいし流行からも外れていないのが救いだ。

――大杉さんの展示場所は教えてもらったけれど。どうやって話しかけよう。

最初の計画では、兄と一緒に挨拶に行き、その流れで紹介してもらう予定だった。しかし兄の仕事がいつ終わるか分からない上に、どうやら大杉は多忙らしく明日も確実に来るとは限らないらしい。

パンフレットで半分顔を隠しつつ、大杉の姿を探して歩いていた梨乃は目的の人影に気付いて足を止めた。

「――ありがとうございます。恐縮です」

同業者らしき相手に挨拶をしている大杉を見た瞬間、鼓動が跳ねる。落ち着いた茶色の着物姿で、織りで模様の入った羽織が粋《いき》だ。

――大杉さんだ！

ずっと憧れていた人が、目の前にいる。

五年前に会ったときより、ずっと大人びた感じがするが、やはりいくらか疲れたような雰囲気が気になった。

――笑ってるけど、大丈夫なのかな？

寝不足気味なのか、大杉の目元にはうっすらと隈が浮かんでいる。今でこそ、大分体力はついたが、元々が病気がちだったせいか梨乃は今でも他人の体調にも敏感だ。

兄が来るまで待とうかと思っていた梨乃だが、大杉の様子にいてもたってもいられなくなりつい近づいてしまう。

「あの」

思い切って声をかけると、大杉と話をしていた青年が振り返った。

にこやかに微笑む彼は、落ち着いた着物姿の大杉とは対照的に、明るい色のデザインスーツを着ている。

「なにかな、俺の写真？　本当は断ってるんだけれど、君可愛《かわい》いし。ツーショットをインスタに上げないって約束してくれるならかまわないよ」

まるで軽い芸能人のような反応に面食らいながらも、梨乃は勘違いを訂正するように首を横に振った。

「えっと、そうじゃなくて。大杉さんの……」

ぼそぼそと話す梨乃に、青年も対象が自分でないと気付いたようだが、特別嫌な顔はしない。それどころか大げさに笑うと、傍らの大杉の背を叩く。

「へえ、大杉君のファンだって。貴重なんだから、大切にしなよ。君も変わったデザイナーが好きなんだね。趣味は人それぞれだから、口出ししないけどさ」

馬鹿にしているように聞こえるが、本人は大真面目に賛美しているようだ。現に大杉は、困ったように苦笑している。

けれどここで変に反論すれば、兄にも大杉にも迷惑をかけることになるだろう。

笑いながら青年が人混《ひとご》みに消えていくのを唖然《あぜん》として眺めていた梨乃は、軽く肩を叩かれてはっとする。

「あ、あの」

「君はあのときの座敷童だね」

自己紹介をする前に、大杉が口火を切る。出会ってから五年が過ぎていたけれど、大杉は梨乃を覚えていてくれたのだ。

嬉しさがこみ上げるが、その前に梨乃は深く頭を下げる。

「お話の邪魔をしてごめんなさい」

いくら馬鹿にした態度を取っていたとはいえ、感情を抑えきれず会話に割って入ったのは自分だ。

もしも大切な取り引きだったとしたら、取り返しがつかないと、今更思い至る。

「いや大丈夫だよ。彼……東雲《しののめ》君は、東京《とうきょう》で知り合った友人の一人でね。ちょっと癖があるけれど、悪い人ではないんだ」

謝りはしたけれど、東雲に対する感情が顔に出てしまっていたようだ。

真っ赤になって俯《うつむ》く梨乃だが、いきなり大杉に両手を握られて東雲の事など頭からすっかりどうでもよくなった。

「ずっと君に、お礼を言いたかったんだ。ここまでこれたのも、迷っていた自分の背中を君が押してくれたお陰だ。ええと、名前を教えてもらってもいいかな」

「七瀬《ななせ》梨乃です」

「私は大杉修平だよ。これからも、君に見守ってもらえると嬉しいのだけど」

「勿論！　よろしくお願いします！」

梨乃にとっては、自分の将来を決める切っ掛けになった人であると同時に、淡い初恋の相手でもある。

そんな特別な人に頼まれて、誇らしい気持ちが強い。しかし、『見守る』という言葉に、違和感を覚えた。

どういう意味か分からず小首を傾げていると、大杉が心からほっとした様子で続ける。

「座敷童がついているというのは、とても頼もしいね」

「あ、あの。大杉さん？」

梨乃はおずおずと口を開く。

「……座敷童の事ですが。お婆ちゃん達の話を、本当に信じてくれてたんですか」

「違うのかい？」

真顔で聞き返されて、梨乃は内心困ってしまう。

――もしかして、……天然てやつ？

この五年間は、梨乃と会っていなかったのだから勘違いをしていても仕方がない。だがこうして目の前に現れても、まだ『座敷童』と疑っていない修平にどう答えようか迷う。

否定するのは簡単だが、なんとなくしてはいけない気がする。

「実はその。本物の座敷童じゃなくて、人間との間に生まれた……えっと、その子孫なんです」

座敷童は、子供の妖怪だ。

それに人間と結婚をして子孫を残せるのか、梨乃は知らない。咄嗟《とっさ》についた嘘だけど、修平は納得したのか感慨深げに頷く。

「なる程。人間の血が流れているから、こんな人間の多い場所に来ても平気なんだね」

「……はい」

——この人、本当に天然だ！

あまりに嬉しそうな大杉を見ていると、とても勘違いなどとは言えない。だからといってこのまま座敷童のふりをするには無理がある。

そんな梨乃の葛藤《かっとう》など知らず、大杉が急に真顔になった。

「こうして再会できたのは、やはり縁があっての事だろうね……もしよければ、君に頼みがあるんだ」

「できる事なら、なんでもします」

祖母の独断とはいえ、嘘をついていたことに少なからず罪悪感を感じていた梨乃は頷く。それに学生の自分に大杉が頼ってくれるというのも、正直嬉しい。

「今度社内で配るパンフレットの、モデルになって欲しいんだ。まさか君とまた会えると思っていなかったから、メインのモデルは頼んでしまったんだけど。君さえよければ是非撮影に参加してくれないかな」

ぽかんとして、梨乃は見本としてディスプレイされている着物に視線を向けた。淡い色合いの地に、花や鳥が筆で直接描かれている。

旅館で見せてもらった絵羽模様だと分かったが、それらは明らかに女性物だ。

「今回の展示の評判が良くてね。正式にブランドの商品として発売する方向で進めているんだ。実はね今まで作って来た作品は、全部君が着ることを想像しながら制作したんだよ」

あの時、言われた言葉は嘘ではなかったのだ。

頬が熱くなるのを感じて、梨乃は俯く。

「今出しているものは、とりあえず企画として説明するためのものだから。まあ、身内用というところかな。そう多くは作らないよ」

けれど、多くの人に見られることに変わりはない。

「モデルって、ここに飾ってある着物を着るんですよね？」

「展示しきれていないものも実家に置いてあるから、君に似合う着物を選んでの撮影になるけれど……どうしたんだい？」

黙り込んだ梨乃に、大杉が怪訝そうな顔で問いかける。確かに綺麗な着物は好きだけど、流石に第三者に女装を見せるのは抵抗がある。

すると梨乃の反応を見た大杉は、また別の勘違いをしたらしく溜息をつく。

「やはり人の血が流れていても座敷童の身だと、一カ月も家を離れるのは難しいか……それとも、君の存在が公になるのがいけないのかな。無理を言ってすまなかったね」

「いえ」

「君が気にすることじゃない。それに私が一方的に頼んでいるだけだから……まさか君にまた会えて話ができると思ってもいなかったせいで、正直浮かれていた」

気まずそうに頭を下げる彼を前にして、梨乃は戸惑いを隠せない。これまで自分だけが彼を思い続けていたとばかり考えていたが、彼もまた自分を思っていてくれたという事実が嬉しくて堪《たま》らない。

「君は私にとって、大切な存在だ。困らせるつもりはないからね」

彼の落胆ぶりに、胸が痛む。

断ってしまうのは簡単だが、できるなら彼の力になりたい。

「えっと……嫌とかじゃないです。あまり、人に見られたくないっていうか。恥ずかしいし。それと、撮影ってこっちでするんですよね？　それだと旅館から通うのは難しいから。どうしたらいいかなって」

本物の座敷童なら彼についていけばいいけれど、梨乃はごく普通の人間だ。祖父母の許可も要《い》るし、何より住む所や生活面での費用もかかる。

「君が引き受けてくれるなら、撮影はできるだけ少人数で進めるよ。メイクや個室にも、専属の担当をつける。他にも希望があれば、遠慮なく言って欲しい」

真剣な大杉に、梨乃は途端に申し訳なくなる。

「そこまでしてもらわなくても、大丈夫です。その、モデルが自分だって分からないようにしてもらえれば十分だし」

不安なのは、学校の友人にバレる事だ。

いくらパンフレットの配られる先が限定されているとしても、ファッション業界なのだから見てしまう人はいるだろう。

学校には、バイトでユニセックスの服飾モデルをしている生徒もいると聞いてはいる。けれど梨乃はモデルを目指している訳ではないから、どうしても抵抗があるのだ。

「分かった。顔はなるべく写さないようにすると約束するよ。写真も君の許可を得たものだけを使う。それでいいかな」

熱意に押される形で梨乃が頷くと、大杉がほっとした様子で笑顔に戻った。

「けれど、そんな気を遣わせてしまって申し訳ないです。逆に大杉さんが考えていた通りのパンフレットが作れるんですか？」

「それは絶対に、大丈夫だ。さっきも言ったとおり、君が着ることを想定して作っていたのだから。正直、夢が叶《かな》うとは思っていなかったから嬉しいよ」

益々、罪悪感が大きくなる。

「君は私の大切な座敷童なんだからできるだけ快適に過ごして欲しい。そうだ、住む場所はどうしようか？　マンスリーマンションより、和風の戸建てがいいかな」

梨乃が考え込んでいる間にも、大杉の提案は予想外の方向に進んでいく。

「そんな、ご飯と寝る場所があれば十分ですから」

「座敷童でも、女の子と一つ屋根の下はよくないし。君が男ならうちに来てもらうという手もあるんだけど」

「えっ」

そこでやっと、梨乃は大杉が過剰な気遣いをする理由の一つが分かった。自分を『座敷童』と勘違いしていただけでなく、『女の子』として見ていたのだ。

——高校に入っても、私服の時は女子に間違えられてたから慣れてるけど。

梨乃は体質なのか、同年代の男子より細身で背も低い。顔も体格もごつい兄とは真逆の童顔で、未だに女性と間違えられることもある。

——間違えてたなら、モデルのお願いして来たのも仕方ないか。

「僕、男です」

性別を伝えれば、流石に大杉もモデルの件を撤回すると思った。けれど彼は少し驚いたものの、何故か梨乃に頭を下げる。

「そうだったのか。すまない……あの日、祖父の手がけた着物を着た君があまりに可憐だったから、女の子だとばかり思っていた」

これまでも『可愛い』とか『女の子みたい』と、褒められた経験はある。悪意がないと分かっていても、梨乃としては素直に喜ぶなんてできなかった。

なのに不思議と、大杉に勘違いされるのは嫌な気がしない。

「撮影の着物は全て女性用なんだけれど、いいかな？　あの日から、ずっと君に似合う柄を考えていたんだ」

「ていうか、僕がモデルでいいんですか？　変だって思ってませんか」

言ってしまった手前、引っ込みがつかなくなっただけならこの場でなかったことにしてくれて構わない。

「それを言ったら、君を女性と勘違いしてた私が非難されるべきだよ。大切な座敷童なのに、性別を間違えるなんて。罰が当たっても仕方ない」

「……僕、大杉さんの役に立ちたいから、着物のモデルをやります。でも……男だって絶対分からないようにして下さい」

大杉がずっと自分を想って作り続けてくれたことが嬉しくて、梨乃は改めてモデルを引き受けると伝えた。

「メイクや小物で体のラインは隠せるから、その点は安心して欲しい。あとは住む所だけど……」

「男なんだから、一緒でも構いませんよね」

「しかし」

言い淀《よど》んだ大杉に、梨乃はたたみかける。

「あと、僕の事は座敷童じゃなくて梨乃って呼んで下さい。僕は今から、大杉さんの座敷童になるんだからいいでしょう？　だから住む所も一緒がいいんです」

「そう言ってくれると嬉しいよ、梨乃。それじゃあ私の事も、修平と呼んでくれないか」

「修平、さん……」

改めて彼の名を口にすると、また顔が熱くなってくる。

――憧れてるだけだって思ってたけど、やっぱり僕……この人が……。

これまで同年代の異性と触れ合いが少なかったせいか、梨乃は恋愛経験が全くない。ネットや小説で体験談を読んだり想像することはあっても、自分が誰かに恋するという気持ちが分からなかった。

けれど大杉とこうして話をしていると、五年前からずっと胸の奥にあった感情の意味がすとんと理解できた。

単純な憧れだけじゃなく、自分は大杉に恋をしている。

そう自覚した瞬間、恥ずかしくていたたまれなくなった梨乃だが、心の葛藤などあっさり吹き飛ばす大声で呼ばれ我に返った。

「梨乃ーっ」

振り返ると、人混みをかき分けて近づいてくる兄の姿に梨乃はあ、と声を上げる。

「七瀬さん。ご挨拶が遅れてすみません」

「こちらこそトラブル処理がやっと終わったところで。やっと皆さんの所へ挨拶に伺っているんです。プレスのみの日とはいえ、出だしからばたばたしてすみませんでした」

「お疲れ様、兄さん」

大杉が梨乃と浩一を見比べ、目を見開く。

「ご兄弟だったんですか」

「似てないって、よく言われます。長々と弟の話に付き合ってもらって、ありがとうございました」

苦笑する浩一と一緒に、梨乃も頭を下げる。

「梨乃。流石に長話しすぎだ。ここは商談会も兼ねているんだから、挨拶だけにしておけと言っただろう」

最初の打ち合わせでは会場で梨乃を紹介した後、レセプションパーティーで改めて話をする計画だったのだ。

「いえ、引き留めたのは私の方なんです」

「大杉さんが？」

驚く兄に、大杉の方からモデルを打診した経緯を説明してくれる。最初は怪訝そうな顔をしていた兄も、彼の熱意と真摯な態度に思うところがあったのか次第に表情を和らげる。

「――いきなりで、ご心配かと思います。勿論、お預かりするに当たっては、梨乃君が快適に過ごせるよう約束します」

「いや……こちらこそ、弟をよろしくお願いします。昔から病気がちで、なかなか外にも出られなかったんです。両親が不在がちでしたから本当なら兄の俺が面倒見なきゃいけないのに、爺さん所にずっと預けてて。大杉さんの所で見聞を広めさせてもらえたら有り難いです」

他力本願ですみませんと頭を下げる兄に、大杉も深く頭を下げる。

「迷惑かけるんじゃないぞ」

「うん」

そこから、話は早かった。まず大杉と兄はお互いの住所と連絡先を交換した後、梨乃の主治医の確認。まだ学生である梨乃の勉強をサポートすると大杉が約束してくれたので、素直に甘える事にした。

他にも兄は細かい話をしたかったようだが、途中で兄の部下が呼びに来て別のブースへ行ってしまった。

挨拶もそこそこに慌ただしく立ち去る浩一を見送ってから、修平が口を開く。

「梨乃のお兄さんは、座敷童っぽくなかったね。やっぱり都会で暮らしていると、雰囲気が変わるのかな」

「兄さんを座敷童って言える修平さんて、凄いですよね」

祖母達が言うとおり、あの兄を座敷童と言うのは無理がある気がする。

「違うのかい？」

「そのうち教えてあげます」

天然すぎる修平に、梨乃は笑って誤魔化す事にした。


展示会の閉場を待たずに、修平は梨乃を連れて自宅のマンションに戻った。

「好きに使ってくれてかまわないからね。必要なものがあれば買い足すよ。その前に、掃除をしないといけないな」

実家とは違い、全室洋間でフローリング敷きだ。仕事場を兼ねているので、思いついたときにデザイン画を描けるようにとスケッチブックや和服の端切れ。買い求めた帯などが無造作に散らかっている。

「わー……」

都心に建っているが、プライバシーを重視したタイプの低層マンションでセキュリティはしっかりしており、大通りから少し離れているのでかなり静かだ。

部屋の数も少なく、周囲は高い常緑樹に囲まれており、幹線道路ぞいに建っているにも拘らずとても静かだ。これならば田舎暮らしの長い座敷童でも、少しは落ち着いて過ごせるだろうと、修平は考える。

しかし室内を見回している梨乃に、修平は重大な事に気がついてしまう。

「すまない。ここは和室がないんだ。落ち着かないなら、明日にでも和風のマンスリーマンションを契約してくるよ」

「大丈夫ですよ。こういう部屋、すっごく憧れてたんです」

リビングのソファにぽすんと座る梨乃は、側《そば》にあったクッションを抱えて修平を見上げる。まるで最初から、梨乃のために用意されていたような家具みたいだと錯覚するほど、彼は部屋に馴染んでいた。

「気に入ってもらえたようで、よかった」

「綺麗だし、何より兄の家と違って片付いてて本当に素敵です」

幼稚園と小学校は、入院先の病院に併設された学校へ通うことが多かったのだと、梨乃が説明する。

「高校は兄の家に居候してたんですけど、やっぱり体力がなくて学校近くの病院から通うことが多くて。中学の頃はずっと旅館暮らしだったから……だから洋風の部屋に住んでみたいなって」

はっとした様子で梨乃が口を噤《つぐ》むので、どうしたのかと首を傾げる。

「ごめんなさい。お邪魔させてもらってるのに、なんか図々《ずうずう》しいですよね」

「いいや。私は梨乃が気に入ってくれて嬉しいよ」

「それは、僕が座敷童だからですか？」

やけに真面目な顔で問われた修平は、少し考えてから口を開く。

「幸運を運ぶ座敷童が、私の家を気に入ってくれたら嬉しいと考えていたのは事実だ。けれど、それだけじゃない。君自身が喜んでくれる顔を見て、とても嬉しく思った。本当だよ」

修平の言葉に真っ赤になって顔を押さえる梨乃は、とても可愛らしい。つい抱きしめてしまいたい衝動に駆られるが、性別は関係なくいきなりそんな事をすれば怯《おび》えてしまうだろう。

——確か座敷童は繊細な妖怪だと祖母が言っていたな。

幼い頃、寝物語に聞かされたお伽噺《とぎばなし》を修平は思い出す。勇ましい鬼退治の話から、恐ろしい妖怪まで祖母は色々と語って聞かせてくれた。

それらの全てを覚えてはいないけれど、家にまつわる話は特に繰り返し聞かされた。

祖母としては、いずれ後を継ぐ修平にお伽噺の形で『家を守るしきたり』を伝えたつもりだったのだろう。

大人になってから思い返せば、迷信だなんだと馬鹿馬鹿しい内容かもしれない。だが老舗の店ならば、信じていようがいまいが守らなければならない規則が幾つもあるのだ。

「ねえ、修平さん。僕が……その、本物の座敷童だってこと、疑ったりしなかったんですか？　さっきもお話ししましたけど、僕は病院や学校にも通っているし。誰にでも見えるんですよ」

見上げてくる梨乃の瞳が、不安げに揺れている。

梨乃曰く『座敷童の子孫』との事だから、生粋《きっすい》の妖怪でないことを気にしているのかもしれない。

「こんな事を言うと、笑われたりもするんだけど。うちは京都の老舗のせいか、神様とか目に見えない住人に対して抵抗がないんだ。とはいえ、見えたのは君が初めてだけどね」

生粋の妖怪なら、病院には行かないだろう。しかしあえて自身の過去を話してくれたという事は、修平を信頼してくれている証《あかし》だ。

そんな梨乃に、『病院や学校に行くのだから、妖怪じゃない』など否定するつもりはなかった。

「子供の頃から、家には神様が宿ると教えられてきたんだ。友人のところなんかは、家の色々な所に神様が奉ってあってね。年間を通してなにかしら行事があるから、家の者は気が休まらないらしい」

「大変ですね」

「昔からのしきたりだからね。神様と妖怪は違うけど、私としては見えなくても共存する大切な存在っていう意識がある。祖父の受け売りだけどね」

「でも、修平さんもそのお友達も凄いです。お仕事忙しいのに、ちゃんと奉ったり行事を欠かさないなんて」

心から感心したように、梨乃が言う。

「梨乃は座敷童の子孫なんだよね？　もし人として生活する上で、必要な事とか逆に座敷童に必要な道具なんかがあれば教えてくれないか」

「え……そんな。本当に気にしないで下さい……」

何故か梨乃が視線を逸《そ》らし、俯いてしまった。

「聞いてはいけなかったかな？」

「そうじゃないです」

長めの前髪が邪魔をして、俯き加減になった梨乃の表情が分からない。

「修平さんの座敷童になるって言い切っちゃったけど、僕には御利益をあげられるような能力ないし。その、期待してたら、ごめんなさい」

「なんだ、そんな事を気にしてたのか。改めて言うけれど、私は梨乃が側にいてくれるだけでいいんだよ。実のところ、今日も既に助けられたし」

顔を上げた梨乃が、大きな目を見開く。

「僕、なにかしましたか？　もしかして……僕に話しかけてきた人が関係ある？」

「やっぱり、座敷童だけあって勘が鋭いね。君が声をかけてくれたとき、ファンがどうのって言ってた人がいただろう」

「はい。覚えてます」

東雲は自分とは真逆のタイプで、女性に人気がありそうな芸能人風の男だ。梨乃が声をかけてくる前も、『時間が余ったから見に来た』などと随分な事を言われた気がする。

「彼は、東雲光弘《みつひろ》君というんだけど、なんていうのかな……向上心が旺盛《おうせい》な性格らしくてね。ウエディングドレスを専門に扱う会社の社長なんだけど。歳《とし》が近いせいか何かと連絡が来るんだ」

言葉を選んでみたものの、修平があの時対処に困っていたのは梨乃から見ても明白だろう。

「ライバル？　って感じですか？」

言葉を選びつつ首を傾げる梨乃に、修平はどう説明すればいいのか一瞬迷う。正直に言えば、東雲の態度は明らかに修平を馬鹿にしていた。特に今日は修平が注目されているせいか、これまでの態度とは比べものにならないほど辛辣《しんらつ》だった。

しかしいくらなんでも、正直に彼との関係を告げるのはよくないと思い直す。個人的な感情で、梨乃に相手の印象を植えつけるのはよくないだろう。

「そんなところかな。どうしてか彼は、初対面の時から僕をライバル視していてね。最近は特に辛辣なんだ」

苦笑する修平の態度で、梨乃はなにか察したらしい。

「無理すること、ないですよ。僕は修平さんが困っているのを見るのは嫌です」

「迷惑をかけられている訳ではないからね。私と彼とでは、仕事の内容が違うんだけど。意固地になられているというか、すまない、つまらない話をしてしまったね」

折角来てくれた梨乃に、愚痴を聞かせるのは申し訳ない。そう気付いて修平が謝ると、梨乃は優しく微笑む。

「修平さんは、優しいですよね。だからああいう強気な人に、付け入れられちゃうのかもしれない」

「言われっぱなしになっている私は嫌いかな？」

口にしてから、これではまるで恋人に愚痴の同意を求めているようだと気付いたがもう遅い。

しかし梨乃は気付いていないらしく、大真面目に首を横に振ってくれる。

「そんなことありません！」

強い口調で否定され、修平は少し目を見開いた。梨乃も自分の声に一瞬驚いたのか、はっとした様子で口元に手を当てる。

そのまま一度深呼吸をし、修平を見上げたまま言葉を続けた。

「張り合うより、気にしないでいる方がずっと格好いいです。格好良くて優しくて、修平さんはとても素敵な人です……」

話している間にも梨乃の頬は感情が高ぶっているせいか、赤く染まっていく。

――素直な子だ。

建前でもお世辞でもないと、その表情や口調からすぐに分かる。修平自身、特別ひねくれた性格ではないが、こう手放しで褒められると年甲斐《がい》もなく気恥ずかしくなってくる。

「そういうふうに褒められると、照れてしまうね。ありがとう、梨乃」

「いえ、あの……大声出して、すみません」

耳まで真っ赤になり俯いた梨乃の頭に無意識に手を伸ばし、優しく撫《な》でた。すると花が咲くような満面の笑みになり顔を上げるから、なんとも言えない愛《いと》おしさがこみ上げてくる。

本音など、とても部下や家族には言えない。

老舗の跡取り、その上『新人の絵羽模様作家』として支えてもらっている現状では、冗談でも弱音など口にできない状況だ。

だが梨乃を前にすると、どうしてか張り詰めていた気持ちが程よく解《と》けて、留めていた言葉がぽろりと零れる。

家族や部下に恵まれているが、どうしても一人で全部を背負いがちになっていた修平は、事情を知らない梨乃にだけ素直な気持ちが無意識に出てしまうと自覚する。

情けないと思うが、そんな修平の心持ちを知らない梨乃は、目を輝かせて見つめてくる。

「やっぱり修平さんは、すごいって僕は思います。家のお仕事もやりながら、こうして新しい事にも挑戦してて。僕の憧れです」

「なんだか照れるな」

「でも修平さんが無理して倒れたら、周りの人が悲しみます。ちゃんと食べて、ゆっくり休んでください」

にこにこと笑う梨乃の言葉を聞いていると、疲れていた気持ちがいくらか軽くなる。正直、今回の企画は修平としても賭《か》けだった。

実力を認めさせるチャンスだと周囲は鼓舞してくれたけれど、反響がなければそれまでだ。

幸い修平の作品に興味を示してくれたスポンサーはそれなりにいたので、レセプション初日としては上々だろう。

しかしどんな有名企業の営業から声をかけられるより、こうして梨乃の言葉を聞いている方が気持ちが落ち着く。

――旅館で出会った時も、梨乃の何気ない言葉に救われたな。

「年下の君に助けられてばかりだ。ありがとう。いや、座敷童だから君の方が年上かな」

すると梨乃が首を横に振る。

「背は低いけど、これでも今年十八歳になります。えっと、人間の血が入ってるから普通に歳はとりますよ」

「そうなんだ」

「専門学校だと僕の年代が一番下だけど、上はお爺ちゃんと同じくらいの人もいますから。自然と年齢なんて気にしなくなりました。スクーリングで顔を合わせた時は、それぞれ悩みや進路を相談してますし」

梨乃は通信制の専門学校に通っているのだと、説明してくれる。月に数回登校する形で、クラスの行事もあるようだ。

働きながら通っている人が多いが、梨乃のように病気を抱えていたり家の事情で通信制だったりと様々な環境の生徒がいるらしい。

けれど年齢に拘らず、会えば気さくに話をするのだと言う。育ってきた世界がまるで違い、それがとても興味深い。

何より嬉しいのは、梨乃が物怖《お》じせず話をしてくれる事だ。物心ついた頃から、修平は『老舗の跡取り』として扱われてきた。祖父の教育方針で特別扱いはされないものの、やはり周囲の大人達はそれなりの態度を取る。

普通に接してくれていた友人達も、次第に親の態度から何かを察してそれとなく距離ができてしまった。今では似たような境遇の知り合いばかりで、そうなるとそれぞれの悩みを知っているからこそあまり愚痴も言えない。

初めて『ななの宿』に泊まったときは、丁度そんな葛藤と継いだばかりの家の事で悩みを抱え込んでいた時期だった。

「あの……修平さん。もしよかったら、僕がご飯を作りましょうか？　お仕事しながらだと、大変でしょうし。何もしないで居候っていうのも、申し訳なくて」

「君に来てもらっただけで、私は嬉しいよ」

「駄目です。何かさせて下さい。さっきキッチンを覗いちゃったんですけど、自炊してませんよね？　体によくないですよ」

「しかし、座敷童の君にそんな負担をかけてしまっていいのかな」

「これでも繁盛期は、旅館の厨房で沢山お手伝いしましたし。兄さんと二人暮らしをしてたときは、僕が料理担当だったから任せて下さい」

外食とジャンクフード好きの兄に呆れて、梨乃は兄の所で世話になる際には必ず台所に立つようにしていたのだと梨乃が続ける。

「それじゃあ、お願いしようかな……ああそうだ。できればもう一つ頼みたい事があるのだけれど」

「なんですか？」

「家にいる間は、着物で過ごしてもらいたいんだ」

全く予想もしていなかった提案に、きょとんとして梨乃は小首を傾げた。

どちらかといえば、この頼み事の方が肝心だ。旅館に泊まった夜も、着物を羽織った梨乃を見てインスピレーションを得られた。一緒に生活をするのなら、こんな都合の良い事はない。

「あの……じゃあ僕からもお願いしていいですか」

「勿論だよ。梨乃のお願いはなんだい？」

「着物は、修平さんに選んで欲しいんです」

願ってもない答えに、修平も快く頷く。

こうして、二人の同居生活は幕を開けた。

同居を始めてから三日後、スタジオでの撮影が始まった。

撮影スタジオはマンションから車で三十分ほどの場所にあり、梨乃は修平の運転する車で同行する。

朝食は修平の希望で、フレンチトーストと厚切りのハム。紅茶にコーンサラダという完全洋食のメニューだ。

昼はスタジオで、仕出しの弁当。夕飯はその日に食べたい物を相談しつつ、材料をスーパーで買って帰る。

初めは和食をメインに夕飯の支度をしていた梨乃だが、修平があまり気にしないと知ってから祖父母の家ではなかなか試せなかった中華や洋食にも挑戦している。

五年前に一度会っただけの修平との生活は、不思議なほどに順調だ。祖父母には初日に、連絡をした。心配するかと思いきや『梨乃ちゃん、声が明るいから大丈夫ね。それに、大杉さんと一緒なら安心だわ』と、同居はあっさり快諾された。

一方、兄からは毎日必ず連絡が来るけれど、その度に何事もないと告げるのだが『いつでもこっちに来ていいんだからな』と盛大な溜息をつかれる。

修平に報告すると、彼は微笑んで『お兄さんは、梨乃が心配なんだよ』と頷くのが恒例になっている。

外出する時は修平が買ってくれた洋服だが、室内着は約束通り和服で統一していた。旅館暮らしの頃は浴衣が普段着だったので、不便に思う事はない。

何より修平が見立ててくれた着物を着られることが嬉しくて、毎日が楽しい。スタジオで撮影の進行を指揮する修平も格好いいが、家で下絵を描いている姿も素敵だ。

――夢みたい。

ほんの一週間前まで、こんな日々が訪れるなんて思ってもみなかった。

憧れていた修平の仕事を側で見られるだけでなく、食事の用意や洗濯までしている。兄と同居していた時は半ば呆れつつしていた家事も、修平が快適に仕事に取り組めると思うと俄然《がぜん》やる気がわいてきた。

「おはようございます。修平さん、ごはんできましたよ」

「ああ、もうそんな時間かい……お早う、梨乃。いつもありがとう」

ベッドで眠っていた修平を起こし、梨乃は微笑む。

初日は同じ時間に起きてきた修平だが、夜中まで仕事をしていると知った梨乃がやや強引に『朝食まで寝てて下さい』と説得して、今では少しでも彼の睡眠時間を確保できるようにしている。

――お世話になってるんだから、これくらいしないとね。

結局、普段着と台所用品で足りないものなどは買ってもらったけれど、他のものは修平の使っているもので事足りている。

寝床も最初はソファで寝ると梨乃は言い張ったが、修平が『病弱な梨乃を、そんな場所で寝させられない』と言い張り、結局二人でベッドを使う事にしている。

元々広いベッドだったので、小柄な梨乃が潜り込んでもさして狭くはなかった。

ただ問題があるとすれば、憧れの修平を間近に感じて寝なければならないという点だ。寝付きはよい方なので、眠ってしまえば問題はない。

しかし眠りにつくまでが、葛藤の時間なのである。

心臓はどきどきと煩く、顔も自然と火照《ほて》ってしまう。

それに眠っている間は無意識なのか、修平が梨乃を抱きしめてくる。初めて抱きしめられたときは流石に驚いて、梨乃は小さく悲鳴を上げてしまった。

それでも寝ている修平を揺り起こし、問い質《ただ》したところ返されたのは『梨乃を抱いていると安眠できる』という、説明だった。そして再び、修平は梨乃を抱いて眠ってしまったので、なんとなくなし崩しに彼の抱き枕《まくら》となる日がつづいている。

ベッドから落ちる心配はないが、かわりにふと目覚めてしまうと気恥ずかしくて微熱が出てしまうのが問題だ。

当然修平は梨乃の体調を心配するけれど、まさか本当の事なんて言えないから『体質で明け方は体温が上がりやすいんです』と誤魔化している。

「今日は少し早く撮影が始まるんでしょう？　頑張って起きてください」

撮影と同時進行で、修平は新しいデザイン画に取り組んでいる。

実家は信頼できる重役に任せているけど、決定は修平の仕事なので毎日深夜まで机に向かっている状態だ。

これで体を壊さずにいたのは、奇跡的だと思う。

いつものように朝食を終えると、梨乃は修平に連れられて撮影スタジオへと向かった。初日は『あくまでイメージを確定させる段階だけの協力』という名目だったので、梨乃は外で待つつもりでいた。けれど撮影スタッフに見つかってしまい、半ばなし崩しの形で入れてもらっている。

最初に修平が『以前お世話になった座敷童』と紹介したのがよかったのか、長年修平の元で働くスタッフは皆梨乃に好意的だ。

——僕が座敷童だって、信じてる訳じゃないんだろうけど……。

修平の勘違いを馬鹿にしたり、問い質すスタッフはいない。気のよい修平の気質を、皆が慕っていると伝わってくる。

ただ、一部の女性スタッフは梨乃が他のモデルと接触するのはどうかと意見したので、信頼できる関係者にしか紹介されてはいない。

危惧《きぐ》された理由は、梨乃が中性的な容姿なので余計な嫉妬《しっと》で場の空気が悪くならないようにするためと説明された。

修平は納得していない様子だったけれど、少しでもトラブルの要素はなくしたいと梨乃も賛成したので、できるだけ撮影時は隅で見学するようにしていた。

「——しかし社長が自分でモデルを選んでくるなんて、初めてだな」

一日の予定が終わり、モデルが帰った後でカメラマンが声をかけてくる。人見知りする梨乃は、挨拶だけで殆ど会話はしない。

最近になって、やっと二言、三言の会話はできるようになった程度だ。

「君もパンフレットに載せる着物を着るんだろう？　そろそろ緊張も解けてきたようだし、試しに何枚か撮ってみないか？」

いずれは言われると思っていた事なので、ある程度は覚悟していた。スタジオには修平と、彼が長年付き合いのあるスタッフが残っているだけだ。

「できるかい、梨乃？　恥ずかしいなら、スナップ写真でも構わないよ」

「いえ、やるって約束しましたし。頑張ります」

「じゃあこっちに来て。メイクと着物は用意してあるから」

「はい。ええと……」

「メイクと着付け担当の畑山《はたやま》よ。よろしくね」

きびきびとした女性スタッフは、梨乃の手を引き着替え用の部屋に連れて行く。

「初めてだと、梨乃君緊張しちゃうよね」

「いえ……」

「気楽にしてね。私、バイトで舞台やバンドのメイクなんかもやってるから、男の子の化粧とかは見慣れてるし」

硬くなる梨乃を気遣って、畑山があれこれと話しかけてくれる。

お陰で梨乃は、余計な事を考える暇もなく、薄い紫の地に枝垂《しだ》れ桜の描かれた絵羽ものの着物を着付けられてしまった。

「地毛が綺麗だから、どうにか使いたかったけれど。髪飾りをつけないといけないから、ウイッグにするわよ。リクエストある？」

色とりどりのウイッグの写真を見せられたけれど、どれが着物に合うのかさっぱり分からない。

「畑山さんに、お任せします」

「よし、それじゃ折角だから派手にしちゃおう」

明るいノリの畑山に流される形で、梨乃は生まれて初めてのウイッグやら簪《かんざし》を頭にのせる。

そして鏡で確認する時間も与えられず、スタジオへと戻された。

「洋服の時は気にならなかったけど、この子は着物を着ると雰囲気が変わるな」

「そうだろう。梨乃は誰より、私の着物を着こなすと確信しているんだ」

明かな惚気《のろけ》に若いスタッフが微笑むが、修平は無意識らしい。梨乃の方が照れてしまい、顔が熱くなる。

「こりゃ、社長が気に入るのも分かるよ。滅多にない逸材だ。モデルの女の子達にはなるべく会わせない方がいい。嫉妬されるぞ」

カメラマンがシャッターを押しながら、大真面目に告げる。

言われるままにポーズを取る梨乃は、不思議な感覚に囚《とら》われていた。

――体が楽。

着物自体は、イメージと柄を重視する形なので、着付けは舞妓のようにしてある。単純に重さなら、部屋着の浴衣より何倍も重いし動きづらい。

しかしカメラマンの隣で、梨乃を見つめる修平と視線が合うと体がふわりと浮くような感覚がするのだ。

「綺麗だよ、梨乃」

臆面《おくめん》もなく言う修平に、いつしか梨乃も微笑みを返していた。


自分がこんなに行動的になれるなんて、梨乃は思わなかった。毎朝目覚めると隣に修平がおり、二人で朝食を食べてから撮影スタジオへ向かう。

空いた時間は修平が梨乃の勉強を見てくれるので、以前よりもテキストの進みが早くなった。通信制なので、期日の決まった提出用の実技課題以外は本人の自主性に任せられている。一応規則では一年間という期限はあるが、できるなら早く終わらせてしまいたい。

こちらに来てから一度だけスクーリングと重なったけれど、学校へは修平が運転する車で送ってくれた。

何もかも順調すぎて、怖いくらいだ。

モデル達が帰ってからの撮影は日課になり、梨乃も被写体となる事に大分慣れてきた。修平は約束通り、撮った写真は用意してあるノートパソコンで全て確認させてくれる。

スタッフ達にも、梨乃の顔のアップや男性と分からないようにすることを注意してくれている

ので、不快になる写真は一枚もない。

冷静に考えてみれば、素人の自分が一番気を遣われているという状況だ。いくら頼まれたとはいえ、申し訳ない気持ちが強くなる。

一度梨乃は、畑山に皆がどう思っているのか尋ねた事があった。本業のモデル達を差し置いて、自分に時間を割いてもらっているのは申し訳ないと思ったのだ。

けれど返ってきたのは、全く予想していなかった答え。

何故か畑山も他のスタッフも、梨乃と修平が『付き合ってる』前提でいると知らされたのである。パンフレットも身内用みたいなものなので、特に贔屓《ひいき》だとか悪いようには捉《とら》えていないらしい。

当然、親しい社員の中からも、周囲の意見を無視して修平がぽっと出の梨乃を使うのは、『贔屓』ではないかと疑問は出たのだという。しかし先日の試し撮りを見た社員達は、修平が実家から持ち込んだ着物を着こなす梨乃を見て考えを改めたらしい。

つまりは、実力があるのなら贔屓だろうが同性の恋人だろうが、関係ないというのが彼等《かれら》の結論だ。

――悪く思われてないのはいいんだけど。僕と修平さんが付き合ってるなんて……修平さんは勘違いされてるの、知ってるのかな?

スタジオからの帰り道、隣でハンドルを握る修平をちらと見る。すると梨乃の視線に気がついた修平が、優しい笑みを返してくれた。

不意打ちの笑顔に、梨乃は赤くなった顔を隠すように、反対側の窓を向く。スタジオでも、梨乃が一方的に意識した行動を取ることが多いので、仕方がないとも言える。

――修平さんは、僕をどう思ってるんだろう。

五年前に出会ってから、再会するまで一度も忘れたことがないと修平が公言しており、今は同居していること。

そして家族も公認だと聞かされれば、周囲が勘違いをしても仕方がない。

嬉しい誤解だが、梨乃が違うと言ったら『でも大杉社長は、そのつもりじゃないの？』とあっけらかんと返された。

畑山自身も恋人は同性で、他にも性別は気にせず付き合っているスタッフは多いらしい。

幸いなことに大杉の会社は老舗とはいえ、個人の性的嗜好《しこう》に関しては寛大で偏見もない。要は能力重視なので、仕事さえできれば何も言われないのだ。

自分と修平の関係をどう思っているか、こそりと畑山に尋ねた事があった。梨乃としては深刻な悩みだったのだけれど、返されたのは『業界には多いから、みんな慣れっこよ』という非常に軽い答えだった。

けれど修平本人が、どう思っているかなんて梨乃には分からない。

旅館に泊まった翌朝、彼にキスをしてしまったことを覚えているのか聞くのも恥ずかしいし、忘れているからこそ普通に接してくれているのかとも思う。

どちらにしろ、軽率に聞けるような問題ではない。

自分は修平が好きだけれど、同じ想いでいてくれるとは限らないのだ。

――僕の事を大切にしてくれるのは座敷童だって勘違いしてるからだって、分かってるけど。

マンションの駐車場に入ると、いつものように修平が先に降りて助手席のドアを開けてくれる。

「顔が赤いよ。疲れたかい？」

掌《てのひら》が梨乃の額に触れ、益々顔が赤くなる。

「大丈夫です！　本当に平気ですから気にしないで」

急いで修平の側から離れ、梨乃はエレベーターホールに向かう。

「――梨乃、君に荷物が届いているよ」

「僕に？」

足を止めて修平の側に戻ると、宅配ボックスに中くらいの段ボールが預けられていた。

「お婆ちゃんからだ！」

伝票には旅館の名前が書いてある。部屋に持ち帰り早速開けてみると、中には野菜や果物が目一杯詰め込まれていた。

大好きな白菜の漬け物も、大きな容器にぎっしりと入れられている。

「これお婆ちゃんの手作りなんですよ。こっちは観光協会で売り出す、新作のお饅頭《まんじゅう》だ。後で食べましょう」

「お漬け物は、泊まったとき夕飯で出たものだね。美味しかったのを覚えてるよ」

「覚えててくれたんですか」

少なからず驚いて聞き返すと、修平が頷く。

「とても居心地のよい旅館だったからね。一晩だけの滞在だったけれど、私には一生忘れられない時間になったよ」

　ということは、梨乃がしでかした『キス』の事も覚えている可能性がある。

　内心慌てた梨乃は必死に動揺を抑え、荷物の中身を出す事に集中する。

「お婆ちゃん。こんなのも入れてくれたんだ」

「スケッチブックだね？」

「はい。修平さんみたいに綺麗な絵が描きたくて、時間のあるときには近所の風景なんかを描いてたんです」

　今は服飾デザイン関係の学科に通っているが、一番の希望は修平のような絵羽模様の作家になる事だ。なんにしろ、絵心はあって損はないだろうという祖父の素人考えで、勧められたのが色鉛筆での風景画だった。

　山へ山菜採《と》りに入った祖父がデジカメで写真を撮り、梨乃がそれを模写する。

　寝込む事の多い梨乃でも、これなら好きなときに描けるので続けていたのだ。

　とはいえ、正直なところ、出来は素人より多少上手い程度だ。デッサンやパースも、特別目を引く個性があるわけでもない。

「継続は力なり……とは思ってるんですけど、こういうのってやっぱり才能ですよね」

　一定以上のものを目指すなら、最終的には本人の素質が鍵になる。それは修平の元に来て、改めて気付かされた。

様々な雑貨や端布が散乱する修平の家だが、どれも『良い品』なのだと梨乃にでも分かった。梨乃も独学で勉強したけれど、生まれつき『良い品』に囲まれて育った修平は、本人の資質や知識も相まって基本的な感性からして違うのだ。

どう頑張っても、修平の作る作品は自分には無理だと理解している。でも梨乃は諦めるつもりはなかった。

「修平さんは、僕の憧れなんです。だから少しでも、貴方に近づきたいなって思ってて。これからも続けます」

「梨乃の言葉を聞いていると、私も頑張らないとって思うよ」

お互いに切磋琢磨《せっさたくま》し合える関係になれたら最高だ。欲を言えば、そこに恋愛感情があればもっと嬉しい。

――って、そんな欲張ったら駄目。今一緒にいられるだけでも幸せなんだから。

スケッチブックと一緒に、写真の入ったファイルを捲《めく》っていた修平がふと手を止める。

「絵も素敵だけれど、写真の構図が面白いね。このページからの、吊《つ》り橋のとか」

「ここからは、僕が撮った写真です。山奥のは、お爺ちゃんに頼んだ写真で……」

「うん、お爺さんのは風景写真として良い出来だ……でも梨乃の撮った構図は面白いよ。私はこちらの方が好きだ」

「そうですか？　面白いなんて、初めて言われました」

デザインや絵を描くことに意識を向けていたので、梨乃としては写真の構図はあまり重要視してなかった。

修平の眼差《まなざ》しが、集中して仕事をしている時と同じ目になっていると気がつく。そしてぽつりと呟いた言葉を、梨乃は聞き逃さなかった。

「梨乃は、写真に向いているかもしれない」


順調に進んでいた撮影だったが、一週間が過ぎた頃になって梨乃が熱を出した。

——やはり、無理をしていたんだな。

大丈夫だと言い張っていたけれど、大勢の人に囲まれて気疲れしてしまったようだ。できる限りフォローしていたつもりだが、こうして熱を出させてしまったのだから配慮が足りなかったのは明白だ。

医者からは軽い夏風邪だと言われたけれど、もしも妖怪特有の病だった場合は対処方法が分からない。

そう梨乃に告げたが、健気《けなげ》に微笑み『平気だよ』と返された。二日目には熱も下がって、食欲も出てきたが安心はできない。

「——まだ微熱があるね。下がりきるまでは、ベッドから出てはいけないよ」

「だから心配しなくていいって、何度も言ったのに。それと僕の事はいいから、修平さんは撮影に行って下さい」

「心配するのは当然だろう。君は私の大切な座敷童なんだから」

するとと横になっていた梨乃が寝返りを打ち、修平に背を向ける。

「……修平さんは、僕が座敷童だから……こうして心配してくれているんですよね」

酷い勘違いをさせていると、今更気がついた。梨乃が座敷童であるという事は、修平にとって重要な事なのは否めない。

しかし、それだけで梨乃を大切にしているわけではない。口にしていいのか、ずっと迷っていたが伝えなければ、梨乃との間には決定的な溝ができてしまう。

「梨乃、そのままでいいから聞いて欲しいことがある」

びくりと布団越しに梨乃の肩が震えるのが分かった。

「君の存在に、私はずっと支えられてきた。だからとても大切だし、配慮が足らず寝込むまで君の体調に気付けなかったことも申し訳なく思っている」

「修平さん……」

「君が座敷童でも、そうじゃなくても……大切な存在なんだ」

告げようと決めたのに、まだ戸惑いがある。

――君を愛していると言ったら……軽蔑《けいべつ》するだろうか。

「一つだけ、我が儘言ってもいいですか？」

「ああ」

「今夜は一緒に寝て欲しいんです」

熱を出してからは、梨乃の負担にならないように修平はリビングのソファで寝るようにしていた。

「それは駄目だよ、梨乃……」

「どうして？」

「……君に対して、気持ちが抑えられなくなってきている。軽蔑しただろう」

病人相手に最低だと自覚があるが、隠し通すより告げた方が梨乃も警戒しやすい筈だ。それで梨乃が、兄の所へ行きたいと言ってくれれば、修平も諦めがつく。

「君がキスをしてくれた時は子供だったけれど、今はもう大人だ。その先を求めてしまいそうになっている」

「修平さん、覚えてたんですか？」

いきなり梨乃が寝返りを打ち、顔を修平に向ける。口元を布団で覆っているが、顔全体が真っ赤になっているのが分かった。

「君の柔らかい唇の感触は、一日も忘れていないよ」

「わーっ、言わないで！　ごめんなさい！　あの時、なんか僕……その……」

ばたばたと足を動かし、梨乃は大福のように丸まってしまう。恥ずかしがっているのは分かるが、その姿があまりに可愛らしくてつい抱きしめたくなるのをぐっと堪えた。

「私は君に、今も恋愛対象として好かれていると自惚《うぬぼ》れてもいいかな」

「え？」

数秒の沈黙の後、布団の中から梨乃の声が聞こえてきた。

「あの……修平さんが好きです。でも、こんなの変ですよね」

「変だなんて思わないよ。私は君に好いてもらえたら、とても嬉しいのだけれど」

「僕も嬉しいです」

「旅館で会ったときから気になってて、お礼を言いたかったのは事実だ。それと好きだという気持ちも変わらないよ」

再び、沈黙が落ちる。

梨乃は修平が『性的に』自分を見ているとまでは自覚がないのだろう。

「私は君を恋愛対象として見ている」

「僕も修平さんの事……初めて会った時から、好きでした。でも男同士だし、おかしいですよね。ごめんなさい」

「私も同じ気持ちなんだから、自分ばかりを責めないでくれ」

「修平さん」

いくら周囲が同性同士の恋愛に抵抗がなくても、梨乃がどこまで受け入れてくれるのか不安だ。

「そんな顔をしないで下さい」

もぞもぞと布団の中から梨乃が手を出して、修平の手を取りきゅっと握る。

恋愛対象だと言っても、気持ちだけなのかそれともその先に進む事を前提とした感情なのか梨乃には分からないはずだ。

「駄目だよ、梨乃。こうして触れているだけで、私は……」

言葉を濁す修平の声に、どうしても欲情が混じってしまう。

「理性がもつか分からないんだ」

手を離そうとする修平に、梨乃がおずおずと指を絡めてくる。

「君の熱が下がったら、改めて話をしよう」

そう言って手を離そうとしたが、細い指が修平の手を握る。指先から微かな震えが伝わってきて、梨乃が羞恥《しゅうち》を必死に堪えて気持ちを伝えようとしていると分かり、胸の奥が熱くなった。

「嫌です、一人にしないで」

「梨乃。そんなに可愛い事を言わないでくれ」

雄の欲を滲《にじ》ませた低い声に、梨乃が頬を染める。

「じゃあ……側にいてくれますか？」

健気とも思える誘いに抗える理性は、もう残っていなかった。

欲情を隠しもしない修平の眼差しは怖かったけれど、梨乃は精一杯の勇気を振り絞ると彼の手を引いて指先に口づけた。

それが合図となり、修平は梨乃に掛けてあった布団をそっと横にどける。無防備に横たわる梨乃は恥ずかしい気持ちを必死に抑え、熱を帯びた眼差しで修平を見つめていた。

毎晩、一緒に眠っているのに心臓が煩いほどに高鳴っている。これからする事は、恋愛に疎《うと》い梨乃でも想像はつく。

恥ずかしくて逃げ出したいけれど、同時に触れ合いたいという思いも強くなる。

覆い被さってくる修平を見上げていると、彼が梨乃を安心させるように優しい微笑みを浮かべた。

「ずっと、君に触れたかった」

「……ぁ」

口づけられて、梨乃は小さく喘《あえ》いだ。

多感な中学時代は、同年代の子供が少なかったせいかクラスメイトは恋愛対象というより、友人としての意識が強かった。

進学すると、比較的女子の多いグループにいることが多かったが、やはりお互いに友人止まりで、恋人をつくるような雰囲気になった事はない。

修平に対する恋心を自覚してからは、ぼんやりとだけれど彼との触れ合いを想像してみたりもした。

とはいえ恋愛経験がないから、とても不確かな想像だけで終わっている梨乃にとって全てが初体験だ。

だから、実際にこうして触れられると頭の中が真っ白になって、どうしていいのか分からなくなる。

「怖い？」

「……少し。でも修平さんになら……平気……」

はだけられた浴衣を脱がされ、直接彼の手が胸に触れる。乳首を擦《こす》るように愛撫され、梨乃は身じろいだ。

「は、ふっ」

「梨乃は敏感だね」

「だめ、ですか？」

「違うよ。感じてくれて、とても嬉しい」

微笑んでいるが、修平の瞳には初めて見る熱が浮かんでいた。その目で見つめられると、下腹がざわついて、梨乃は無意識に両足を擦り合わせる。

「なんか、へん」

「苦しい？」

熱のある梨乃を気遣っての言葉だと分かるから、梨乃は首を横に振る。

「ちがう、の……お腹の奥がむずむずして……」

触っていないのに、自慰をしている時のような焦《じ》れったい快感がこみ上げてくる。

胸の飾りを弄《いじ》っていた修平が、ゆっくりと手を下ろして梨乃の中心を握り込む。そこで初めて、梨乃は自分のそれが勃起《ぼっき》していると気がついた。

「だめっ、見ないで……っ」

「どうして」

「だってまだ、なにもしてないのに……んっ」

優しく握られ、強弱をつけて弄られると自身はすぐに張り詰めた。

――どうして？　なんで？

それほど経験のない梨乃でも、体の昂《たかぶ》りが普通でないのは分かる。

「修平さん。僕、へんじゃない？　気持ち悪くない？」

「梨乃は綺麗で、可愛いよ。どうしてそんな事を聞くんだ？」

「だって……僕は、男で……あ……ひゃ、んっ」

甘ったるい悲鳴を上げて、梨乃は達した。修平の手に数回擦られただけで蜜《みつ》を放った自分をどう思ったのか、恥ずかしくて泣いてしまう。

「ごめんなさい……僕、修平さんを汚しちゃった」

「梨乃」

叱られるのかと思い、ぎゅっと目を瞑《つむ》るがどうしてか両瞼《まぶた》に口づけが落とされる。

「汚すというなら、私が梨乃を汚す側だと思うよ」

「え？」

涙に濡れた目で見上げると、修平が軽く触れるだけのキスをしながら優しく告げる。

「君に欲情してる私の方が、責められるべきだ」

「……修平さんは、悪くないです」

「うん。だからね、私は梨乃だからこうしたいと思うし。梨乃も私だから、身を委《ゆだ》ねてくれているんだろう？」

こくりと頷けば、修平もほっとした様子で愛撫を再開した。

「ぁ、あっ……」

「愛してる、梨乃」

まるで夢のようだと、梨乃は思う。一方的な感情だと思っていたのに、修平も自分を恋愛対象として想っていてくれたのだ。

「んっ」

蜜を受けて滑る指が、梨乃の後孔に触れる。流石に緊張して全身が強《こわ》ばったけれど、彼の指を入り口が悦《よろこ》んで迎え入れてしまう。

「痛かったら言いなさい」

「……うん。へいき……です」

本当は少し痛みはあったけれど、頷いたら修平は途中で止めてしまいそうだったから、梨乃は自ら脚を開いてみせた。

くちゅくちゅと湿った音が響き、梨乃は羞恥で涙ぐむ。恥ずかしくてたまらないのに、体の奥が疼《うず》きはじめる。

次第に痛みより快感の方が勝り、無意識に腰が揺らめき出す。

「修平さん、もう……ひゃあっ」

指が抜かれ、いよいよ受け入れるのだと覚悟を決めたのに何故か体をくるりと反転させられた。ベッドに俯《うつぶ》せの形になった梨乃は、枕代わりにしていたクッションにぽふんと顔を埋める。

「なに？」

「君に辛い思いをさせたくないんだ」

腰を掴《つか》まれ、両足の間に修平が体を割り入れる。脚の付け根に、彼の硬くなった雄が触れて梨乃はやっとこの体勢にされた意味を理解した。以前学校で、女子達の猥談《わいだん》に巻き込まれたことがあった。梨乃は端で聞いていただけだからうろ覚えだけれど、確か『男同士だと背後からする方が楽だ』などと言っていた気がする。

「まって、修平さん」

恐らく修平は、初めての梨乃を気遣って後背位でのセックスを選択したのだ。

しかし梨乃の言葉を恐怖で嫌がっていると勘違いしたらしい修平は、体を離してしまう。

「すまない」

「違うんです……修平さんの、顔見ていたいから……」

手が離れた隙に、梨乃は仰向《あおむ》けに戻って修平の手を握る。

「しかし、君の体にこれ以上負担はかけたくない」

「お願いします。僕、痛くても平気だから……顔が見えないのは嫌」

恥ずかしい告白だけれど、修平の誤解を解くには正直に話すしかない。

「いやらしくて、ごめんなさい。嫌いにならないで」

けれど修平は呆れるどころか、反対に強く梨乃を抱きしめてきた。

「梨乃が謝る事じゃないよ。それに同じ気持ちでいてくれたのだから、私は嬉しい」

「本当に？」

「君が初めて私を受け入れる瞬間の表情を見ていたいんだ」

恥ずかしさと嬉しいのとで、梨乃は泣きべそのままふにゃりと笑う。するとどうしてか太股《ふともも》に当たっていた修平の雄が、更に硬くなるのが分かった。

——大きい……。

なんとなく視線を向けてしまい、梨乃は息を呑む。自分のそれとは形も大きさも違う、完全な雄だ。

黙り込んだ梨乃に何か察したのか、修平が優しく頭を撫でてくれる。

「怖かったり、痛みがあったら直ぐに言うんだよ。無理をする事はないんだからね。梨乃の体調が良くなってからでも、遅くはないのだし……」

「絶対嫌です。修平さんの事が好きだって自覚したのは最近だけど、初めて会ったときから……ずっと好きだったんだから」

梨乃は修平の首にしがみつく。

「だから、やめないで」

「そんなに可愛い事を言うと――本気で止められなくなるよ」

「いいの。修平さんの好きにして」

「全く、君は自分がどれだけ魅力的か分かっていないな」

言うと修平は、梨乃の肩を片手で軽く押さえ、サイドテーブルの引き出しから避妊具を出す。

「入れずに済ませるつもりだったんだぞ」

口調が乱暴になり、修平が自身につける。その様子を、梨乃はぼうっと見つめていた。

彼が本気で欲情しているのだと分かり、梨乃は頬を染めた。

「梨乃、力を抜いて。息は止めないようにしなさい」

硬い先端が、小さな蕾《つぼみ》を割り開く。

コンドームの潤滑剤と梨乃の放った蜜で滑っているが、やはり初めての体はなかなか受け入れられない。

それに開かれる痛みで、どうしても強ばってしまう。

「っ……く」

言われたとおりに呼吸を続けるけれど、どうしても浅いものになってしまう。それでも梨乃は逃げようとはせず、自らの膝を掴んで脚を開く。

「お願い、入れて……あっ」

腰を摑む手に力が籠《こ》もり、一気に雄が奥を貫く。太い部分が狭い肉襞《にくひだ》を擦り上げ、体内が開かれていくのが分かる。

「お腹、あつい……」

「もう少し、我慢できるかな？　梨乃」

「っぁ、あ……奥っ、きてる」

梨乃が息を吸い込む度に、雄は奥へと入り込んでいった。やっと修平が動きを止めると、臍《へそ》の近くまで違和感があると気付く。

「お腹のおく……ぞくってする」

「辛くないか？」

「平気、だけど……なんか……へん……」

強がりではなく、もう痛みは感じない。代わりに下腹と腰が、やけに熱い。焦れったいような奇妙な感覚に、梨乃は右手で臍の辺りを指さす。

「ここまで、修平さんが……来てるのが分かるよ。温かくて、きもちいい」

「じゃあ、少し動いても大丈夫かな」

深くまで自身を埋めたまま、修平が梨乃の腰を摑んでゆっくりと動かす。

「そこ、やんっ」

びくりと体が勝手に震え、後孔が雄を食い締める。その途端、梨乃の背筋を甘い痺《しび》れが駆け抜けた。

「ああっ」

「体の相性もいいみたいだね」

とん、と奥を小突かれると、更に大きな痺れが生じて梨乃は小魚のように跳ねた。

「あっあ……やんっ」

「この辺りだね」

「ひゃっ」

特に感じる場所を重点的に責められ、梨乃は何度も上り詰めた。最初は刺激される度に蜜を放っていたが、次第に鈴口に滲む程度になっていく。

「……びくってするの、とまらないよ……」

「無理に止める必要はないよ。私は梨乃が感じている姿を見ていたい」

とても嬉しそうに口づけられ、梨乃はぽつりと疑問を口にした。

「ねえ……修平さんも、きもちいい？」

「ああ」

「よかった。でも、どうして……その……」

まだ硬いままの修平は、達していない。

不安げに見つめると、修平が臆面もなく告げる。

「梨乃の中を堪能《たんのう》していたかったんだ」

「い、いいから。修平さんも、僕の中で気持ち良くなってて っ」

恥ずかしいおねだりをしたと気付いたが、もう遅い。修平が梨乃を強く抱きしめ、耳朶《じだ》をやんわりと噛《か》む。

「じゃあ、お言葉に甘えるよ。梨乃」

「あ、ぁ……ひっ」

感じすぎて敏感になっている内部を、満遍《まんべん》なく雄が往《ゆ》き来する。全体を張り出したカリで抉《えぐ》られ、奥を強く突かれる度に梨乃は声も出せず仰《の》け反る。

普段のおだやかな彼からは、全く想像できない激しいセックスに、梨乃はただしがみつくことしかできない。

けれど、こんなにも求められるとは思っていなかったので、怖さよりも嬉しさの方が勝る。

「しゅうへい、さん……すき……だいすき……っ」

根元まで挿入された雄が、一番奥でどくりと跳ねる。

避妊具が邪魔をして彼の熱は放たれなかったけれど、痙攣《けいれん》して狭くなった内部が幹の蠕動《ぜんどう》を感じ取る。

——僕……修平さんと……。嬉しい……。

ほぼ同時に達した梨乃は、そのまま気絶するように眠りについた。

互いの気持ちを確かめ合って、数日が過ぎた。抱かれた翌朝はまともに顔も見られなかった梨乃だけど、優しく抱きしめたりキスをしてくる修平のスキンシップのお陰で、緊張していた気持ちも徐々にほどけて、いつしか元のように振る舞えるようになっていた。

変わったのは、彼の恋人としての自覚が芽生えてきた点だろう。そんな時、不測の事態が持ち上がった。

改めてスケジュールを確認する段階にきて、メインの衣装を着るはずだったモデルが肺炎で緊急入院してしまったのである。

依頼された仕事は無理をしてでも真面目にこなすと有名なモデルで、ドタキャンの不安要素は全くなかった。

だが数日前に受けた別件の水着撮影で無理をしてしまい、昨晩事務所で倒れ即入院という事態になったのだ。

まさかこんな時期にいなくなるとは全員が想定外だった。

「解熱剤を飲んで打ち合わせに行きたいって、直前までマネージャーに頼んでたみたいだけど。流石に無理はさせられないからね」

カメラマンが頭を抱え、メイクやスケジュール管理をしていたマネージャーも溜息ばかりだが、これればかりはどうしようもない。

——大変な事になってる。

とはいえ、部外者の梨乃はただ見ている事しかできない。モデルの所属する事務所に連絡を取ってみるが、相手側も代役を出せる状況にはないようだ。

流石の修平も困り果てているらしく、黙り込んでいる。と、突然何かを思いついたのか、梨乃の方を振り返った。

「梨乃、申し訳ないが、メインのモデルをやってくれないか?」

「他のモデルさんじゃ、駄目なんですか?」

「すまない。しかし君しかいないんだ」

モデルが着る予定だった着物は、修平がかなり力を入れた作品だ。制作する際には、梨乃が着ることを念頭に置いていたと聞かされる。

ただ作っている時は、当然梨乃が現れるなど思ってもいなかったので、できるだけイメージに添ったモデルを探してやっと見つけたのだと言う。

「正直なところ、メインのモデルでも着こなせるかどうか不安はあった。しかし君なら、確実に着こなせると確信している」

理由を聞かされて、梨乃も納得はできた。しかしメインの着物となれば、パンフレットの表紙を飾る事になる。

「頼む」

「……分かりました」

梨乃が了承したその日のうちに、すぐメインの撮影が開始された。

パンフレットの製作目的は、あくまで親族や制作に関わった工房へのお礼の要素が強い。これである程度評価を得られたら、改めてモデルを募集しブランド用の広告を作る。

製作部数も少なく、業界に出回る数も少ないとはいえメインモデルなどしたことのない梨乃にとってはかなりの重圧だ。

おまけにこれまでは、『修平のアシスタント』という名目で来ていた梨乃が、いきなりメインのモデルをする事が発表された途端、一部のモデル達があからさまな反発を始めたのである。

梨乃も撮影はしていたが、モデル達が帰った後での事だったので、それが露呈したのも反発の一因となった。

特にメインモデルの次に多くの仕事を依頼されていた、ヒメカと呼ばれる若いモデルは梨乃に対して強い敵意を露《あら》わにしてきた。追従するように、彼女の取り巻き達も梨乃の抜擢《ばってき》に異を唱え、覆《くつがえ》らないと知ると挨拶も無視されるようになってしまった。

正直、高校時代も休みがちで友達の輪に入れなかった梨乃は、無視くらいなら慣れている。全く気にならないとまではいかないが、仕事に集中することで気を紛らわしていた。

「――ごめんなさいね。あの子達……特にヒメカちゃんは、次は自分がトップになるんだって思い込んでたみたいで」

メイクの畑山が、梨乃の髪を整えながら教えてくれる。

最初から梨乃の撮影に関わっていた古参スタッフは、以前と変わりなく接してくれる。というか、梨乃がメインになった事を喜んでいるようだ。

「いえ、素人が出張っちゃって……怒るのも仕方ないですよ」

撮影は進んでいるが、モデルの半分ほどが機嫌を悪くしているので現場の空気は最悪だ。それをマネージャーや畑山達が懸命にご機嫌を取る事で、どうにか動かしている。

梨乃は自分が呼ばれるとき以外は、控え室の隅か外に出てなるべくモデル達の視界に入らないようにしていた。

「本当に、ごめんね。いきなりモデルを任されてプレッシャーあるのに、面倒な事に巻き込んじゃって」

梨乃の髪を整えながら、畑山がこそりと囁く。修平と梨乃の関係を知る、数少ない社員だ。完全に隠しきることはできないから、信頼の置ける部下にだけは説明をしてある。

「社会勉強だと思うことにしてますから。それに修平さんも、気を遣ってくれるし」

「あら、ラブラブね。でも気をつけてよ、今回の事で、ヒメカちゃん達が梨乃ちゃんのこと気にし始めてるから。ああいう子にバレると面倒だし」

肩を竦めて笑う畑山が、ふと鏡の前に置いてあるスケッチブックに視線を向けた。

「最近これ持ってるけど。絵を描くんだ」

「はい。子供の頃から気分転換したいときに描いてるんです」

これまでは空いた時間にモデルが話しかけてくれていたが、今では梨乃に反発していない者もヒメカに遠慮をして挨拶くらいしか交わさない。

当然一人になる時間も増えたので、忙しくしている修平の邪魔にならないように梨乃はスケッチブックを持ち込むようになっていた。

「いいじゃない。私なんてメイクの腕は自慢できるけど、どうしてか絵心ないのよね。よかったら、今度教えて」

「はい」

「梨乃ちゃんて、謙虚でいい子よね。それじゃ、セットの準備ができたら呼ぶから少し待っててね」

畑山は時間を見つけてはこうして、梨乃の緊張を解《ほぐ》してくれる。メイクのトップとして仕切る立場だから忙しいはずなのに、部外者の梨乃にも気遣いを忘れない。

――修平さんが信頼するのも、分かるなあ。

彼の人柄なのか、長く付き合いのある部下は皆良い人ばかりだ。お陰でモデル達からの反発を受けても、梨乃はあまり気にせずにいられる。

「失礼しまーす。ってあれ？　一人？」

「はい。もう出番ですか？」

若い男が、控え室に入ってくる。確か新しいカメラアシスタントとして、今日から参加をしている人物だ。

「いいや、暫くかかると思うよ。社長と監督がイメージの確認で、討論始めちゃったから。ところでさ、君って社長のなんなの？」

馴《な》れ馴れしく梨乃の肩に手を置き、顔を寄せてくる。

「いきなりメインモデルに抜擢されたんだって？　何処にも所属してなくて、大杉社長が連れて来た新人さんなんでしょ」

　どうやら彼は、梨乃を売り出し中のモデルと思い込んでいるようだ。

「モデルじゃないなんて言ってたけど、本業なんだろ？　午前の撮影見てたけど、素人にはとても見えなかったぜ。なあ、ちょっとつきあえよ」

「何をするんですか」

「直ぐ済むから。来いって」

　腕を摑まれ、梨乃は強引に控え室から連れ出された。手を振り払おうとするけれど、華奢な梨乃ではびくともしない。

　廊下で何人かのモデルとすれ違ったが、みな梨乃の困った様子を見ても何も言わず無視して通り過ぎる。

「撮影始まる前から見てたんだけどさ。お前、メイク映えする顔だよな。モデルのレッスン受ければ、すぐ有名になれるぜ。俺がいい仕事紹介してやるよ。あんな頭の固いぼんぼんについてても将来ないぜ」

「褒めて頂いて、ありがとうございます。でも僕は、他の仕事をする気はありません。修平さんの側にいるって決めてるんです」

「そんな堅苦しい事言うなって。ビジネスって割り切れよ」

　男は倉庫の横にある資材置き場まで来ると、周囲を見回す。そして誰もいないことを確認すると、信じられない事を話し出した。

「俺は東雲さんて人に頼まれて、ここに来てるんだ。俺の雇い主でさ、良さそうな人材いたら引き抜いてこいって言われてる。悪い話じゃない」

「見習いの撮影スタッフって、嘘だったんですか？」

「ああ、東雲さんが用意してくれた肩書きだ。俺は引き抜き専門。歩合制だから、成功しないと給料貰えないんだよ。本当はヒメカ狙《ねら》いだったけど、お前の方が可愛いし。何より大杉のお気に入りってとこがポイント高いんだ」

にやにやと笑いながら、男が梨乃の肩を掴んで壁に押しつけた。

——誰か……っ。

危険だと気付いたけれど、逃げ場がない。

「それじゃ、紹介料の前払いさせてもらうぜ」

「止めて下さい！」

「どうせ社長にも、脚開いて仕事もらったんだろう？　でも他の男にも脚開いたって知られたら、寛大な社長も流石に呆れて捨てるよなあ」

「あなたは、最低ですね。こんな事が許されると思ってるんですか！」

「金のためだからな。お前も業界で生きていきたかったら、もっと狡猾《こうかつ》になった方がいいぜ」

折角整えてもらった着物の裾を強引に開かれ、胸元もはだけられる。形を整えるために入れられていたタオルを男の手が無造作に掴み、引き抜いていく。

恐怖で声も出せず震えていた梨乃の体をいたぶっていた男だが、不意に手を止めた。

「お前、男かよ！　女装趣味か？　大杉も変な趣味してるな。こりゃ変態だって記事を週刊誌に持ち込んだ方が金になりそうだ」

嘲《あざけ》るように嗤《わら》われ、梨乃は羞恥ではなく怒りで顔が熱くなった。

「修平さんの事を、悪く言わないでくださいっ」

「本当の事だろ」

梨乃は男の胸を叩いて抗議するが、相手は怯むどころか楽しげに嗤っている。

「俺は男に手を出す趣味はないけど、お前結構可愛いな……そうだ、素人ＡＶに売り込んでやるよ。それで大杉を脅して。お前のビデオも売って、一石二鳥だ」

男は梨乃を抱えるようにして、駐車場に歩き出す。向かう先にはワゴンが見えて、梨乃は自分が誘拐されかかっていると気付き必死に抵抗する。

「いやっやだ、離して！　修平さん、助けて！」

「スタジオは防音なんだ。来るわけないだろ」

しかし男の言葉通りにはならず、背後から複数の足音が聞こえてきた。

「何をしている！」

「修平さん」

恐怖に掠《かす》れた声で恋人の名を呼ぶと、男が梨乃から手を離して逃げ出そうとする。アスファルトに落とされた梨乃を修平が抱き起こし、ついてきた別のスタッフに預けると男の胸ぐらを掴む。

「なんのつもりだ」

「え、あ……その。ちょっとした冗談ですよ。冗談」

へらへらと笑って誤魔化そうとする男に、修平はいつもの温厚な態度と打って変わって厳しく詰め寄る。

「君が梨乃を無理矢理連れ出すところを見たと、モデルから報告があった。モデル達全員が、梨乃に反発しているわけではないと知らなかったのか」

どうやら、廊下ですれ違った何人かが、直接修平に報告してくれたようだ。確かにあの場で引き留めても、男の力で抵抗されたら女性モデルでは太刀打ちできない。

何より暴力を振るわれて痣《あざ》でもつくったら、彼女達は仕事ができなくなる。

「分かりましたよ。ちょっとコイツが可愛かったから、ナンパしただけなんです。すいませんでした……っ」

全く誠意のこもっていない謝罪に、修平が男を殴る。地面に転がった男を冷たく見下ろし、修平が静かに告げた。

「二度とこの現場には入るな。理由はお前が一番よく分かっているだろう。業界で仕事を続けるのは目を瞑るが、二度と私と梨乃には関わるんじゃない」

「わ、分かりました！　すんません！」

慌てて逃げ出す男には目もくれず、修平は梨乃を抱き上げる。突然の事に呆然となっていた梨乃だが、漸《ようや》く現状を理解した途端涙が溢れ出す。

「しゅう、へい……さん……僕……」

「恐い思いをさせてしまったね。今日はもう帰ろう」

「っう……」

梨乃は修平の胸に顔を埋め、泣きじゃくった。


撮影が中断されてから、五日が過ぎた。

梨乃が襲われた事はごく一部の関係者にしか知らされず、表向きは『修平の仕事が急に立て込んだ』という事にされている。

しかし専属で入っている社員はともかく、殆どのスタッフは幾つかの現場を掛け持ちしている。これ以上スケジュールを遅らせれば、多くのスタッフに迷惑がかかるので修平の元にはそれとなく再開を促す連絡が来ていた。

修平は梨乃には一切話さないが、電話で話し合う声やＦＡＸで送られてくる書面からその事情は察せられた。

——なんとかしなきゃ……でも……。

問題があったのは、あの撮影アシスタントだけだ。自分を敵視してたモデル達も、既に別の仕事に移っている。

なのにあの年代の男性を見ると、怖くて足が竦むのだ。焦れば焦るほど、ストレスが溜まるのかこの数日は修平に触れられただけでも体が強ばってしまう。

それでも修平は梨乃を気遣い、文句を言うこともない。だから余計に、罪悪感が膨らむ。

アシスタントから受けた行為がトラウマになって、男性との接触が怖くなっている。

それは犯行に及んだ男だけでなく同年代の男性と、大好きな修平に対しても同様だった。でも触れて欲しいという、相反する気持ちの間で心は揺れている。

今夜も修平は、梨乃に先に休むように言い、自分は仕事部屋に籠もっている。

この数日は、梨乃と一緒に寝ようとはせず、修平は仕事部屋に毛布を持ち込んで横になっていた。

——いくら修平さんが僕より健康でも、このままじゃ病気になっちゃう。

焦りながらも、梨乃は自分が動かなければどうにもならないと理解していた。

「……困らせちゃだめだよね」

意を決して、梨乃は引き出しからあるものを手に取ると、寝間着の浴衣姿で修平の仕事部屋に足を向けた。

「起きてる？　修平さん」

「起きているよ。眠れないのかい」

尋ねる修平には答えず、梨乃は部屋に入ると修平の背にしがみついた。

「僕の中にある、怖い気持ちを消して」

「梨乃、何を……」

「修平さんが好きだから……修平さんに抱いてもらえたら、治ると思う」

正直、半分は嘘だった。

この数日、相手が修平だと分かっていても、梨乃は何度も恐怖感に苛《さいな》まれた。それは日を追うごとに酷くなっていて、今日は抱きしめられただけで、目の前が真っ白になって倒れそうになった。

「お願いします」

「梨乃、撮影の事を気にしているんだろう？　でも私は、君の方が大切なんだ。分かるね」

「修平さんの気持ちは、分かってるつもりです。だから僕は……お願いしてるんです」

これ以上、修平に迷惑をかけたくないし何より触れられなくなるのは嫌だ。

「少しでも修平さんの役に立てるならって思って、モデルをするって決めました。それができないのは、嫌なんです」

「分かったよ、梨乃。それじゃあ、寝室に……」

「駄目！　ここでしてください」

梨乃は俯きながらも、握りしめた片手を差し出す。震える手に、避妊具がくしゃくしゃになって収まっている。

「あの……これ……」

涙目になって震える梨乃の手を修平が掴み、優しく抱きしめる。そのままラグの上に胡座をかいて座ると、向かい合う形で梨乃を膝に乗せてくれた。

「君に気遣われてばかりだね」

「いつも修平さんが優しくしてくれるから、そのお返し……です。ごめんなさい、余計な事ばかりして」

本当にお返しになっているのか、梨乃には分からない。

修平はコンドームを受け取るといったん床に置き、梨乃の下着に手を伸ばす。彼の意図が分かったので、梨乃は腰を上げて下着を脱ぎやすいように体を動かした。

もう何度も体を重ねているけれど、快楽に溺《おぼ》れるまではまだ恥ずかしくて堪らない。

「梨乃、つけてくれるかな？」

「……はい」

恥じらいながらも梨乃は頷き、修平のボクサーパンツに手を伸ばす。そしてまだ半勃《はんだ》ちの自身を出すと、丁寧に扱《しご》き始めた。

時折軽く唇を合わせるだけで愛撫はされていないのに、梨乃の自身も張り詰めてくる。

——体が、覚えちゃってるんだ。

自分が今、勃たせているそれがもたらす快感を、全身が覚えている。カリ首と鈴口、そして裏筋を指の腹で優しく擽《くすぐ》り慈しんだ。

「やり方は、分かるかな？」

「えっと……」

何度か見ていたので、表裏さえ間違えなければ多分大丈夫だ。正直に言うと修平がそっと手を添えてくれる。

「先を少し摘《つま》んで。そう、それからこの丸まっている所を幹に沿わせて根元へ広げていく」

抱かれる準備をしている現実に、梨乃の腰が疼《うず》く。

「修平さん。僕、いやらしくなってる」

「そうなるように、わざとお願いしたんだよ」

「え……？」

「恥ずかしいと、敏感になるだろう？」

首筋を嘗《な》められ、梨乃は甘く喘いだ。達するには弱いが、それでも全身が火照るほどの快感が走り抜ける。

「つけ終わったら、脚を開いて私の方に体を寄せてごらん。挿《い》れる時は支えるから、梨乃は肩に摑まっていなさい」

最初から座った形で受け入れるのは初めてだ。修平が酷い事などしないのは分かっている梨乃は、大人しく従うことにした。

「ん、あっ」

脚を大きく広げ、梨乃は修平の肩に縋《すが》りついた。腰は彼の手が支えており、程なく切っ先が梨乃の入り口に触れる。

そしてそれは、殆ど抵抗もなく梨乃の中へと侵入し始めた。自重だけで雄を銜《くわ》え込み、奥へと導く。

腰の奥から鈍い痛みと一緒に、甘い痺れが這《は》い上がる。

――いきなり、挿れてるのに……。

無理矢理の行為ではないし、何より急《せ》いてるのは自分だ。だから痛みは覚悟していたのに、それが殆どない。

不思議なのは、あれほど自分を苛んでいた、恐怖が消えている。

「あ……れ……？」

「梨乃？」

「怖くない、よ」

修平と視線を合わせながら、雄を受け入れていく。時間はかかったけれど、いつものように根元まで銜え込み、梨乃は安堵《あんど》の溜息を零す。

「恥ずかしいのに……修平さんに見られてると、なんか……胸の奥が熱くなって、きもちいい」

繋がっている部分が、じんわりと熱を帯びている。梨乃の自身も硬くなっていて、修平の腹筋に当たたって擦れる。

「無理はしていないね？」

「うん」

頷くと、その振動で中にある雄の位置がすこし変わる。それだけで焦れったい疼きが広がり、梨乃は喘ぐ。

「本当に、平気。だから、僕を見てて……あんっ」

恋人の視線に捉えられたまま、梨乃は痴態を曝《さら》す。喘ぎ続けて閉じられなくなった唇も、快楽で蕩《とろ》けた瞳も全て修平に見られているのだ。

ぞくぞくと背筋が粟立《あわだ》ち、快感が増す。

それは修平も同じらしく、激しい動きをしていないのに雄は硬く張り詰めていく。

「あ、い……くっ」

こつん、と最奥《さいおう》の敏感な部分を突かれ、梨乃は背を反らした。蜜《みつ》はいつのまにか自身に絡んでいた修平の掌に放たれる。

そのまま掌で先端を包み込まれ、自身の粘りを利用して鈴口を弄られた。

「っひ……ぅ」

中心を愛撫された後は、胸を虐《いじ》められた。赤く尖《とが》った先を摘まれ、押しつぶされる度に梨乃は涙目で悲鳴を上げる。

「梨乃、私を見ていなさい」

「やんっ、修平さん……っあ」

胸を弄りながら、奥を捏《こ》ねられ梨乃は達した。

完全に快楽の虜《とりこ》となった梨乃は、修平の膝の上で淫《みだ》らに体をくねらせる。

「可愛いよ、梨乃。もう二度と、君に恐い思いはさせない」

「修平さん……」

ずっとこんな幸せが続けばいいなと、梨乃は思う。愛し、愛されて求め合う日々。

けれど撮影が終わったら、自分は必要なくなるのも事実だ。

どちらにしろ、今回の事で修平に迷惑がかかったのは事実だ。彼が梨乃を許しても、周囲はトラブルメーカーの梨乃にいい顔をするはずがない。

——迷惑をかけたくないよ。

好きだからこそ、離れなければならない時もある。

覚悟はできている。

「修平さん、もっと……」

はしたなく求める言葉を口にして、梨乃は修平に縋りつく。

繋がったまま一度眠りにつき、再び目覚めて自分が仕事部屋ではなくベッドに運ばれたと分かってからも、梨乃は修平を求めた。

翌朝、修平が目覚めると既に梨乃は起きていて、朝食の準備をしているところだった。

キッチンから甘いフレンチトーストの香りが漂い、つられるようにしてベッドから起き出す。

「梨乃、起こしてくれればよかったのに」

「だってご飯は僕が作るって約束してたでしょう」

椅子《いす》に座ると、出来たてのフレンチトーストが出される。温かな紅茶と、ベーコン入りのサラダがテーブルを彩る。

エプロンを外して梨乃が向かい側に座り、やけに緊張した面持ちで口を開いた。

「修平さん。僕、今日からスタジオに行きます」

「しかし……」

「撮影は、あと二着ですよね？　最後までやり遂げたいんです」

強い意志の宿る眼差しに、修平は反対などできなかった。誰より辛いのは、梨乃自身だ。けれど梨乃は、心に受けた恐怖を必死に隠し、企画を成功させるために頑張ってくれている。

それを反対しては、彼の気持ちを踏みにじるのと同じだ。

「本当に大丈夫だから」

「ありがとう。君の気持ちは、とても有り難い。ただ今日は準備ができていないから、明日からでもいいかな？」

「はい」

ぱあっと梨乃の顔に笑みが浮かび、修平は心苦しくも嬉しい気持ちになる。

――梨乃がここまで協力してくれているのだから、私もなにか……そうだ！

ある事を思い立ち、修平は朝食を終えると仕事部屋に籠もり実家に連絡を取った。

隠居している祖父や職人達にも片っ端から電話をし、自分が考えている事を何度も頼み込む。

初めは驚いたり渋ったりしていた相手も、最終的には半ば呆れる形で頷いてくれた。

そして迎えた翌日、用意があるので撮影は午後からと畑山達に連絡をし、梨乃とゆっくり朝食を取ってから出かける。

「――昨日は遅くまで電話してたけど。疲れてませんか？」

「平気だよ。それより梨乃、今日は驚いて倒れないように気をつけて」

冗談めかして言えば、梨乃は助手席で小首を傾げる。

「熱はないよ」

「そうじゃないんだ。とりあえず、スタジオに行けば分かるよ」

スタジオに到着すると、丁度数台のワゴン車とタクシーも来ており、中から見知った職人の顔が覗く。

「坊ちゃん！　全く、たまには帰ってきて下さい」

「そりゃわしらでも工房は回せますけどね、修平坊ちゃんがいないと調子が出ないんですよ」

「……ぼっちゃん」

威勢良く捲《まく》し立てる職人の老人達に気圧《けお》され、困ったように笑う修平の横で梨乃がぽつりと呟く。

「祖父の意向で、私の両親を飛ばして私が継いだから。職人さん達にしたら私は孫みたいな感じなんだ」

「みなさん、修平さんの事が好きなんですね」

文句を言いつつも、職人達の顔は綻《ほころ》んでいる。

「さあ、早く支度しましょう。皆さんは着物を運んで下さい」

このまま立ち話に発展しそうな雰囲気を察して、畑山が割って入る。てきぱきと指示を出し、老人達が持って来た桐箱やバッグを次々とスタジオ内へと運び込む。

他のモデル達も遠巻きに見ている。

「さあ、梨乃。支度をしよう」

「あ、はい」

ぽかんとしていた梨乃は、修平に促されて控え室に入った。そこで信じられないものを、目にすることになる。

「この帯……見たことあります。着物も確か、修平さんのお爺ちゃんが作ったものですよね」

箱から取り出され広げられていたのは、豪華な絵羽模様の着物一式だ。肩から全体に鳳凰《ほうおう》と牡丹が描かれ、帯は祇園《ぎおん》祭りの情景が細かく描写されている。

僅かな隙間もなく装飾が施されており、どういった場で着るために作られたのか見当もつかない。

「これを着て欲しくて、昨日は実家の職人と掛け合っていたんだ」

「でもこれ、高いですよね。それに、用意してあった着物は、どうするんですか」

確かメインの着物は、別にあったはずだ。しかし修平は、首を横に振る。

「折角、君がモデルをやってくれるんだ。だからうちで保管している、一番良いものを選んで出してもらったんだよ」

「そんな大切な品を……いいんですか？」

「以前、君が着てもらわないと分からないと、言っていただろう？」

確かに言った記憶はある。ここで押し問答をしても仕方がないと腹を括《くく》り、梨乃は頷いた。

「他の子が終わったらすぐ撮影に入るから。早く着替えましょう」

畑山の指揮の下、梨乃は着付師に囲まれて身動きが取れなくなる。修平は少し離れた場所で、職人達と何やら話し込んでおり、とても会話はできそうにない。

——どうしよう。こんな高そうな着物……うわっ、刺繍の糸細い。

描き込んであるものと、刺繍の部分が混在する複雑な模様の帯が巻かれる。こんな豪華な着物は、当然触ったことなどない。

精々、博物館などの図録で見るくらいだ。

一体幾らするものなのかと、とても庶民的な考えが頭を過《よ》ぎると見透かしたように畑山が小声で告げる。

「お値段気になる？」

「聞きたくないです」

知ったら益々、怖くなって一歩も動けなくなるだろう。

そうこうする間に着付けとメイクも終わり、梨乃はスタッフに支えられながら撮影場所に入った。

緊張しながらも、梨乃はカメラの前に立つ。

「じゃあ、撮るよ」

「すみません、その前に一度鏡で見ていいですか？」

緊張のあまり、控え室で確認するのを忘れていたのだ。梨乃が頼むと、すぐにアシスタントが数人がかりで、全身を映せる鏡を運んでくる。

「すごい……」

無意識に、梨乃は呟く。鏡に映っているのは総模様と呼ばれる絵羽だ。全体に絵が描かれており、着物の縫い目でも絵がずれないように作られている。

帯も細やかな刺繍が施され、まるで壮大な絵画のようだ。

「用意できたかな」

「はい」

凛とした声で梨乃が答え、カメラの前に進み出た。

その瞬間、明らかにスタジオ全体の空気が変わった。

その様子を修平の隣で見ていた職人の一人が、小さく唸《うな》る。

「どうしました」

「あれを着こなす人なんざ、初めて見たぞ」

梨乃が着ている帯や着物は、普段は本家の蔵に保管されている。

古いものなので、状態を維持するという目的もあるが、出したところで着こなせる人がいないというのが本当の理由だ。

金糸銀糸を惜しげもなく使い、今では再現不可能と言われる染めの技術で加工された着物は誰の目にも過剰な美しさと映る。

しかし明らかに『着る』事を想定されず職人の趣味と意地だけで作られた着物を、梨乃はごく自然に纏っていた。

一つ目の撮影が終わり、その場で着替えが始まる。

まだ緊張気味の梨乃に修平が駆け寄り、火照った顔を覗き込む。

「疲れていないか？」

「大丈夫。重いけれど、着てると気分がいいんです。なんだか、この着物に描かれている街を歩いているような気持ちになって楽しくて」

「なるほどなあ、あんた気に入られたんだよ。畑山さんが推薦しただけのことはある」

職人の一人が納得した様子で頷く。

「畑山さんが？」

「昨日坊ちゃんから電話がきたあと、畑山さんも連絡してきてね。あの人、舞妓さんの髪型や化粧の歴史なんかを調べて、本にもしてる有名な人だよ。彼女からも推薦されたら、断るのは難しいからねえ」

「彼女は私よりも、職人の方達と信頼関係があるんだよ」

そう話す修平に、職人達もうなずき合う。

「持って来たのは、元々は名のある武家さんの嫁入り道具として織られたもんだ。そこの姫さんでも『負けちまう』ってんで、返されたんだよ。わしの知る限りじゃ、五代前の奥方様が唯一着こなしたって話だ」

「だからあんた、その着物と帯に選ばれたんだよ」

「選ばれたって、どういう事ですか。修平さん」

きょとんとしている梨乃だが、これだけ派手な着物を着ているのに全く違和感を感じない。

「私もはっきりと説明はできないけれど、こういった品の中には着る人を選ぶものもある。着物だけじゃない、楽器や絵筆。古いものには、色々なものが宿るんだ」

座敷童の血を引く君なら分かるだろうと続けると、梨乃は複雑そうに微笑む。

一方梨乃を囲んでいた職人達は、修平の言葉に納得した様子で何度も頷く。

「なるほどなあ、それなら納得できる」

「相応の血筋じゃな」

「えっと、あの……この着物、とても大切にされてきたんですね。でも、もっと外に出してあげたらどうでしょうか？　沢山の人に見てもらわないと損ですよ」

「そうだね、梨乃君が言うならその通りなんだろう」

京都から来た職人達が見守る中、撮影は順調に進んだ。

どの帯や着物を着ても、梨乃は不思議なほど自然に着こなす。最後の一枚を羽織った梨乃を見て、一番年長の職人が修平に囁く。

「ありゃ特別だ。本当に気に入られてる。生きているうちに見られるとは思ってなかった」

「あの子は私の、座敷童だからね。当然だよ」

「座敷童ね。なんか納得しちゃったわ」

言って畑山が、封筒を渡してくる。

「これは？」

「社長、忙しいからとりあえず撮影が終わるまでスタッフで対処するつもりでいるんだけど。あの子が来てから、業界内でやけに話題になってるのよ。知らないでしょう？　これは社内での動きを私の部下が纏めてくれたレポート。大したものじゃないけど、参考にはなるわ」

とにかく、急にうちの仕事が注目され始めてるのよ。それも、好意的な意見ばかりよ、と畑山が続ける。普段冷静な彼女が興奮しているという事は、相当なのだろう。

当たり前だが、梨乃の写真はどこにも流出はしていない。今回のパンフ製作も、業界に発表はしてあるが特別注目を集めているという話はなかったはずだ。

修平の表情から察したのか、畑山も肩を竦める。

「やっぱり理由なんて、知らないわよね。社長が戦略練って、話題にしているのかもって考えたけどそういう工作ができる性格じゃないし。どうして急にって、思ってたんだけど……あの子が座敷童なら、納得できるわ」

レンズに向かい自然な笑みを浮かべる梨乃を、修平もスタッフも優しい眼差しで見守る。そんな中、資材の陰から苛立《いらだ》たしげな視線が向けられていたが気付く者はいなかった。

撮影を終えた梨乃が着物を脱ぎ、普段着に着替えて荷物を取りに控え室に戻ると、何故かすでに帰宅しているはずのモデル達が数名残っていた。

「お疲れ様です」

返事は期待していなかったけれど、礼儀として梨乃は彼女達に頭を下げる。すると小さな笑い声が返され、梨乃はなんとも形容しがたい気持ちになった。

「随分いい着物着せてもらってたじゃない。本当は私が着るはずだったのに。横取りして平然としてるなんて、いい性格してるよね。普通は辞退して、先輩に譲るもんなんだけど」

「ヒメカ、本当の事言ったら可哀想だよ。この子、常識ないみたいだし」

梨乃を囲むように、モデル達が集まってくる。小柄な梨乃に対して、背の高いモデル達はヒールも履いているので自然と見上げるような形になった。

「こっちは真剣なのに、社長の知り合いだからって出しゃばって。迷惑なのよ」

「身の程を弁《わきま》えてよね」

「社長にくっついて、恥ずかしくないの？　身内びいきしてるって陰口たたかれるのは、社長なのよ」

「すみません」

彼女達の言い分も理解できるので、梨乃は素直に謝る。しかしそれで怒りが収まるはずもなかった。

「謝ってすむ問題じゃないわよ。どうして辞退しなかったの？」

「僕は今回だけの代役だから、次からは出ません」

すると彼女達は顔を見合わせ、肩を竦める。梨乃の言い分など、全く信じていない様子だ。

「口ではなんとでも言えるわよね」

「こっちは年間契約してるのよ。ちょっと気に入られた素人に仕事取られるのは、死活問題なの！」

「信じられないなら、大杉さんに聞いてみて下さい」

「そうやって、自分が社長と簡単に話ができるって自慢してるつもり？　大体さあ、本当は私がメインになるはずだったのに、空気読んでよ！」

苛立ちを隠しもせず、ヒメカが側にあった椅子を蹴る。

すると他のモデル達も釣られたように勢いづき、梨乃の肩を小突いたり髪を引っ張るなどの暴行を始めた。

一つ一つの暴力はそんなに痛くもないけれど、女性とはいえ集団に囲まれているので逃げ場がない。彼女達を押しのけて部屋から出ようかとも考えたが、同年代に比べて華奢だけれど梨乃は男だ。

傷つけるつもりがなくても、強引な行動を取れば怪我《けが》をさせてしまう恐れがあると考えて梨乃は耐えようと決める。

「ねえ、本当に悪かったって思ってる？」

「はい」

「許すつもりはないけど、憂さ晴らしくらいはさせてよね。男のモデルが女物着るなんて、最近じゃ珍しくないからそれはいいんだけどさー」

「えっ」

何故彼女達が、自分が男だと知っているのか疑問に思う。するとやっぱりねと、誰かが言って室内に嘲笑《ちょうしょう》が響く。

「あんただけ着替えが別室だからさ、最初は贔屓されてるだけって思ってたけど。本社スタッフが話してるのを偶然聞いた子がいたのよ。あとは口の軽そうな社員にちょっとイイコトしてあげたら、ぺらぺら喋ったわ」

卑猥《ひわい》な笑みを浮かべて得意げに話すモデル達に、梨乃は恐怖さえ覚えた。

「素人に仕事取られたとか、苛つくのよね」

「愚痴るのも恥ずかしいし。だからさ、ちょっとは困ってよ」

唯一、手を出してこなかったヒメカが、意地悪く笑う。

「なにが目的ですか」

「えー、強請《ゆす》るとか思ってるの？　そんなことするわけないじゃん。あたし達は、あんたが困ってくれればそれでいいの。優しいでしょー。ていうかー、事後承諾。もうやっちゃった後なの、ごめんねー」

梨乃の鞄を床に放り、けらけらと笑う。

「あんたが持ってたスケッチブック、隠しちゃった。このスタジオは明日から別の会社が使うし、今日中に探さないと捨てられちゃうよ」

「ヒント。この部屋の何処かに隠してありまーす」

梨乃は自分を囲んでいるモデル達をかき分け、室内を探し回った。

けれど、二十人ほどが寛げる広さがあり、ロッカーも置いてあるので、すぐに見つけ出すのは難しい。

必死になって探す梨乃を、モデル達は笑いながら眺めている。

「たかがスケッチブックなのに、真剣に探してばかみたい」

「もう一つヒントあげる、ゴミ箱だよ」

梨乃は無言で、部屋の隅にある大きなゴミ箱に手を入れる。しかし中には、殆どゴミが入っていない。

「そういえば撮影してる間に、清掃が入ってたから捨てられちゃったみたいだね。ごめんねー」

謝りはしたが、ヒメカが本気で反省しているようには思えない。

「社長に告げ口したら、もっと酷い事するからね！」

「告げ口なんてしません」

「信用できるわけないでしょ」

何を言っても刺々《とげとげ》しい言葉しか返ってこない。流石に梨乃も怒鳴りたくなったが、ふと彼女達

のヒステリックな反応に疑問を覚えた。

——この人達、モデルとして仕事をしてるんだよな。今回の撮影は社内用のパンフレットって聞いてるけど、業界の人達だって見るんだから実質宣伝と変わらないし……。

カメラマンやスタッフの会話から、今回の撮影は業界からかなり注目を集めていることは分かっていた。それはつまり、モデルにしてみれば自分を売り込む最大のチャンスでもある。

梨乃は振り返り、ヒメカを真っ直ぐに見つめた。するとそれまで笑っていたヒメカ達が、僅かだけれど頬を強ばらせる。

「な、なによ。殴ったりしたらあんたが……」

ヒメカの言葉を遮るようにして、梨乃はゆっくりと歩み寄った。流石に危機感を覚えたのか、彼女達が互いに目を見合わせ動揺しているのが分かる。

「すみませんでした」

深く頭を下げた梨乃に、ヒメカが慌て出す。

「ちょっと、何よいきなり。いまさら謝ったって」

「僕はデザイン関係の専門学校に通っています。その関係で、モデルを目指している友人もいます。事情があったとはいえ、みなさんのお仕事に割り込んでしまってすみません」

本業でもない梨乃が抜擢されたと知った彼女達にしてみれば、屈辱的な事だっただろう。大杉の頼みだからと、深く考えず撮影に同意してしまった事を、梨乃は素直に謝罪する。

しかし、その件と勝手に持ち物を捨てられたことはまた別だ。

「二度とお仕事の邪魔はしません。もし社長から頼まれても、皆さんと同じ雑誌には出ないと、約束します。でも大切なスケッチブックを捨てたことは、許せません」

毅然《きぜん》とした口調でそう告げると、モデル達は気まずそうに黙り込む。ドアに向かって歩き出すと、引き留める者はおらず、逆に梨乃を避けるように人垣が割れる。

梨乃はもう一度頭を下げてから控え室を後にした。

背後から『やりすぎ』だとか『ちょっとした悪戯《いたずら》だった』などと聞こえてきたが、追いかけてくる気配はない。清掃業者を探している途中で、すれ違うスタッフに尋ねると『駐車場に収集車がいた』と教えてもらったので、急いで向かう。

けれど撮影所の裏手にある駐車場には、それらしき業者の車は見えない。

——なんで、どうして……。

彼女達の反感を買うのは、仕方ないと諦めていた。けれどここまで酷い仕打ちを受ける事だったのかと、自問自答する。

「捨てるなんて……」

修平の車の側まで来ると張り詰めた気持ちが緩み、座り込んでしまう。抓《つね》られたり、軽く引っかかれた所が痛み始める。

次第に悲しい気持ちがこみ上げてきて、梨乃は両手で自分を抱きしめるようにして体を丸めた。

「梨乃っ」

車の側でしゃがみ込んでいる梨乃を見つけた修平は、急いで駆け寄る。

顔色が悪く、過呼吸気味なのか肩が大きく上下していた。

「なにがあった」

「久しぶりだから、疲れたみたいで……帰りましょう」

すぐに嘘だと分かった。

ついさっき、畑山から『モデル達が梨乃の私物を隠した』と騒いでいると報告を受けていたのだ。

彼女達とは、今回の仕事を見て本契約にするかを決める事になっている。だからこのまま、契約を打ち切れば問題ない。

本心は何かしら苦情を入れたいところだが、業界としては新人虐めは珍しい事でもないので、事を荒立ててマスコミに面白おかしく騒がれる方がダメージがあると窘《たしな》められた。

悔しいが、モデル達には今後大杉の関係する仕事には一切関わらせないというペナルティで、手を打つしかない。撮影に支障が出るトラブルを起こしたのだから、モデルの派遣会社も言い分を呑むだろう。

後は、畑山やカメラマンの人脈を使い、それとなく業界に彼女達のやった話を流すから社長は動かないで下さいと言われたので、修平は何もできない。けれど今にも泣きそうな梨乃を前にして、知らない振りをするというのは心苦しかった。

「梨乃に嫌な思いをさせてしまったね」

「え？」

部下達から、修平は梨乃のフォローをするように頼まれている。要はモデル達に文句を言って、恨みを買うのは社長の役目ではないという意味だ。

それも納得がいかなくて、つい余計な事を口走ってしまう。

「もう彼女達と会う事もないし、事務所にも入れないから。安心しなさい。本当にすまなかった」

「モデルさん達の事ですか？　それは修平さんが謝る事じゃありません。僕が出しゃばったから。あの人達だって、面白くないと思います……僕はもう、気にしてません」

「梨乃、なにか隠していることがあるなら、正直に話してくれないか」

「なんでもないです。本当に、なんでもないから」

健気に微笑む梨乃に、胸が締めつけられる。

——本当に、こんな誤魔化すような取り繕いだけでいいのか？

これでは傷ついた梨乃を、見て見ぬ振りをするのと同じだ。

「どうしても、私に言えないのか？」

「だから、本当に何でもないんです。修平さんも、僕がモデルさん達から挨拶してもらえなかったりとか。ちょっとした意地悪されてたのは知ってますよね。本当にそれだけです」

嘘だと喉まで出かかったが、真剣な梨乃の表情に寸前で飲み込む。

梨乃はこれで、終わりにするつもりなのだ。

「心配してくれるのは嬉しいけど。修平さんの言うとおり、もうあのモデルさんとは仕事しないんでしょう？　僕はそれだけで十分」

どこか寂しげに笑う梨乃に、修平は返す言葉もない。

「でも慰めてくれるなら……修平さんと二人で、フレンチトーストを作って食べたいな。甘くて美味しいものを食べたら、嫌な事なんて全部忘れられるから」

少し気まずい空気のまま、スタッフに断りを入れて先に帰宅した修平と梨乃はマンションに戻るとすぐにキッチンに向かった。

他愛ないお喋りをしながら作ったフレンチトーストはとても甘かったが、梨乃はこれでもかというくらいホイップクリームや缶詰の果物をのせた。まるでウエディングケーキのような塔になったそれをナイフで切り分け、二人で食べる。

「……美味しい」

「よかった。兄さんが勉強や仕事でへこんだときは、これを作って二人で食べたんです」

あの強面《こわもて》が生クリームたっぷりのフレンチトーストを頬張る姿は、色々な意味で見物だろうと修平は思う。

「あ、修平さんが焼いたところ、焦げてます」

「すまない」

「いいんです。少しくらい苦手な事のある方が、僕は好きです」

焦げた部分を口に入れ、梨乃が笑う。

見れば梨乃がフォークの先にパンと生クリームをつけて差し出している。修平が口を開けると、甘い味が口いっぱいに広がった。

「お返し、してください」

少し拗《す》ねたような可愛い声に、修平もパンを切り分けてクリームを乗せると梨乃の口元に運ぶ。

満面の笑みでかぶりつく梨乃を見ていると、複雑な気持ちになる。自分を心配させまいと、必死に明るく振る舞っているのがよく分かる。

早く全てを解決して、梨乃に屈託のない笑顔を戻してやらなければならない。しかし勘の良い梨乃に気付かれれば、余計に彼は気持ちを隠してしまうだけだ。

——とにかく、梨乃が自分から言い出せるようになるまでこちらは黙って待つしかないな。


パンフレットの見本が出来上がってきた頃、展示会で顔を合わせたことのある人物が修平のオフィスを訪ねてきた。

——この人、確か修平さんが苦手にしてた人だ。

レセプションの時、修平に話しかけようとした梨乃を自分のファンと勘違いした青年だと記憶している。

「やあ、久しぶりだね。パンフレットが出来上がったと聞いたから、近くへ来たついでに見せてもらおうと思って寄ったんだ」

「わざわざすまない。東雲君の所にも、送る手配はしてあるんだが」

「大杉君の作品は、特別だからね。気になって仕方がなかったんだよ」

「全くせっかちだな。そちらの応接室で待ってくれ。今取ってくる」

受付の女性に案内され、応接室へ入ろうとした東雲が不意に梨乃へと視線を向けた。観葉植物の陰に隠れていたつもりだが、相手には見えていたようだ。

訝るように首を傾げた後、にやりと笑みを浮かべる。

「君はあの時の子だね。こっちへ来なよ、噂は知ってるよ」

「噂？」

隠れても意味がないと思い、梨乃は訳が分からず東雲の側へ行くと、エレベーターホールの奥からまた別の男が近づいてきた。

「よう！　元気そうじゃないか」

下品な笑みを浮かべ、よれよれの服を着た茶髪の青年に梨乃は青ざめる。

「こいつですよ、大杉が囲ってる男は。座敷童とか言っちゃって。馬鹿みたいですよね」

――この人、東雲さんの知り合い？　じゃあやっぱり、紹介するって言ってたのは、この人の事だったんだ。

撮影のアシスタントとして出入りしていた、忘れようとしても忘れられない男だ。

梨乃を女と勘違いをし、犯そうとした挙げ句に酷く罵《ののし》った男。

「男のくせに、けっこう綺麗な顔してますよね。ちょっと遊んでみませんか？　今なら大杉もいないし、連れ出すのは簡単ですよ」

東雲に伺いを立てているが、男自身が梨乃に性的な興味を抱いているのはバレバレだ。にやつきながら手を伸ばしてくる男から、梨乃は数歩後退《あとずさ》った。

けれどすぐ、背後の壁に体が触れる。足が震えて、梨乃はその場から逃げ出すことができない。

「性別で美を語るうちは、美のなんたるかを理解していないということだよ。どうやら君には、才能が乏しいみたいだな」

「いや……そういう意味じゃなくて。東雲さんだって、遊ぶならともかく……こんなのより、モデルは女がいいでしょう？」

「他人の性的嗜好《しこう》に興味はない。だが、男性だから女性用の服を着るのはおかしいと言い切るのは、理解しがたい。意味が分かるかな」

真っ青になっている梨乃と男を交互に見てから、東雲がそれまでとは打って変わった冷たい声で告げる。

「君の話は興味深かった。しかしこの子の様子からして、よくない真似をしたようだね。俺は確かに大杉の弱みを探れと命令したが、犯罪紛《まが》いのことまでしろとは言ってない」

「あの、東雲さん。俺は……」

「消えろ」

端的に命じる東雲に、元カメラアシスタントの男は余程東雲が怖かったのか、一度も振り返らず走り去った。

「俺の元部下が失礼な真似をしたようだね、すまなかった。座敷童君」

「いえ……」

なんと答えればよいのか分からず梨乃は口ごもる。男の言っていた事が本当なら、東雲は修平のことを快く思っていない。

なのにどうして、親友のようなふりをしてまで近づいてくるのだろう。

「君は以前会ったときと比べて、雰囲気が随分変わったね。やっぱり、大杉君の指導がいいのかな」

含みのある言い方に、梨乃は東雲を睨む。

しかし東雲は気にする様子もなく、むしろ面白そうに続けた。

「知っているよ。彼の恋人なんだって？　同棲までして、随分と親密なようだね」

「それは、まわりが勘違いして……」

いくらスタッフの大半が同性間の恋愛に寛容でも、世間一般では先程の男のように異端視される事が殆どだ。だから誤魔化そうとしたのだけれど、東雲は人の良い笑顔でうんうんと一人頷いている。

「隠さなくても大丈夫。俺は恋愛に関して、偏見はないから安心して欲しい。けどさっきの馬鹿なやつみたいに、面白おかしく噂をするやつの方が多いのも事実だ。幸い俺は、この業界だけじゃなくて、マスコミにも顔が利くんだよ」

にっこりと笑う東雲は、完璧な好青年の顔だ。しかし言っている事は、遠回しな脅迫だと梨乃も分かる。

「君が俺の所で仕事をしてくれたら、大杉君に不利な情報が出回らないよう手配しよう。最近彼の会社は業績が急に上がっているせいか、妬《ねた》まれているんだよね」

「やっかまれるって。何かされてるんですか？」

もし自分の存在が修平の足を引っ張っているなら、大問題だ。焦る梨乃を落ち着かせるように、東雲が軽く肩を叩く。

「そんな顔をしないで欲しいな。俺は大杉君をライバルと思っているけど、汚い手を使って潰す気はない。ただちょっとした意地悪くらいはするけどね。例えば、幸運を運ぶ『座敷童』を奪ってしまうとか」

「え？」

「頭のいい君なら、俺の言う意味を分かってくれるね？　大杉君の所から出にくいようなら、君のお兄さんに連絡してみるといい。手が足りないから、人を募集してると話をしてある」

困惑していると、修平が刷り上がったばかりのパンフを片手に戻ってくる。

「そうだ。君にも聞いて欲しい、事業の企画があるんだ。少し時間を貰えるかい？」

「構わないよ。梨乃、ちょっと待っててくれ」

「うん」

にこやかに話をしながら会議室へと歩いて行く二人は、親友にしか見えない。

――修平さんは、前に東雲さんのこと困ってるみたいに言ってたけど。

あのアシスタントの男が、東雲の手引きでスタジオに入ったという事を知っているのは梨乃だけだ。マネージャーや畑山達も、男の経歴を疑っていない。

いくら修平に信頼されているとはいえ、最近加わったばかりの梨乃が男を指示していたのが東雲だと訴えても、信じてもらえるか微妙なところだ。

ただ今は、東雲が話していた内容が気にかかる。

――もし本当に、修平さんがやっかまれてたら……。

東雲が本気で修平の事業を妨害するつもりなら、それはとても簡単にできるだろうと梨乃にも分かる。

悪い噂ほど、あっという間に広まるものだ。それを未然に阻止できるなら、それに越したことはない。

梨乃は以前兄から貰ったスマートフォンを手に取り、久しぶりに連絡を取る。

「兄さん？　いま大丈夫かな、相談があるんだけど」

『ああ、俺も丁度連絡しようと思っていたところなんだ』

いつもなら優しい声で近況を尋ねてくる兄が、珍しく焦っていると声で分かる。

「どうしたの？」

『東雲光弘という男を知ってるか？　ウエディングドレスのブランドを幾つか持ってる、会社の社長なんだが……』

「知ってる。ていうか、さっき修平さんの事務所に来て少しだけ話をしたよ」

するとと電話の向こうで、深い溜息が聞こえた。

『どこから聞きつけたか知らないが、お前を名指しで雇いたいと言ってきた。そりゃ俺は人材マッチングもやってるが、ピンポイントで指定されたのは初めてだ。おっかないのは、お前の経歴や健康状態まで把握されてる』

一見、修平と同じように穏やかに見える青年だが、内面は相当に執念深いようだ。梨乃は背筋が冷たくなる。

しかしあえて兄の所に話を持ってきたということは、彼が梨乃を本気で欲しがっているという事でもある。

「……僕も、遠回しに打診された。そのことで、兄さんに連絡したんだ」

『そうだったのか。すぐに俺から断っておくから安心しろ』

「違うんだ。僕は東雲さんの所で働きたいと思ってて」

もしも断ったら、東雲は修平がマスコミやネットで叩かれても庇《かば》ってはくれない。だが自分が彼の元へ行けば、何かしら手を打ってくれるはずだ。

『本気か、梨乃？　パソコンでできる仕事ならまだしも、彼はお前をモデルとして起用するつもりなんだぞ』

「修平さんのお仕事をさせてもらって、気がついたんだ。他の仕事もして、自分になにができるか試してみたい。頼ってばかりじゃ駄目だから」

それらしい理由を告げて、兄の反応を窺《うかが》う。

『けれど、東雲の会社はドレス専門だぞ。俺の言っている意味は、分かるよな？』

「それなら平気。今回の撮影も、人手が足りなくて振り袖も着たし。僕は、自信を持って修平さんの側にいられるようになりたいんだ。だから何でもやってみようと思う」

振り袖、と呻《うめ》くような兄の声が聞こえたがあえて気付かない振りをした。

「お願い、兄さん。東雲さんの所なら、僕を甘やかしたりしないだろうし、ビジネスとして指導してくれると思うんだ。それで少しでも勉強して、……成長したい」

『……お前がそこまで言うなら、東雲と話を詰めよう。ただ、無理だと思ったら我慢せずに相談するんだぞ』

「約束するよ」

細かな打ち合わせは兄に任せることにして、梨乃は電話を切る。修平と離れたくはなかったが、彼の成功を邪魔するような真似はしたくない。

――東雲さんのところで、勉強するってだけなんだから。

自分が安易に、修平と同居を始めたせいで色々と推測もされているのだろう。好意的な見方ばかりではないと分かっていたのに、憧れていた修平との生活が楽しくて気配りを忘れていた自分が悪い。

これ以上、修平に迷惑をかけないためにも、一刻も早く彼のマンションを出なければならない。

——もっと色々、業界のことを勉強して本当の座敷童みたいに、修平さんを支えよう。

そう自分に言い聞かせて、梨乃は自分を奮い立たせた。


今日は珍しく、梨乃は朝から兄の事務所に出かけていた。何やら急いでいたが、理由は話してくれなかった。

それ以外は普段通りだったので、修平は特別気にせずに自身の仕事机に向かう。デザイン画の下絵を作る前に、パンフレットに使わなかった梨乃の写真を広げ、改めて見直す。

——やはり、梨乃は特別だ。

最後の撮影日。職人達も絶賛していたのを思い出す。まさしく『気に入られている』という表現が、ぴったりなのだ。

手の込んだ帯や着物は、組み合わせもそうだが着る人間を選ぶ。大抵は豪奢《ごうしゃ》な柄に負けて、まさしく『着られている』ような状態になるのだ。

そうなると、着物に慣れた人でも妙にちぐはぐな印象になってしまう。

しかし梨乃は、どのスナップにも違和感がない。

「いつか、梨乃に似合う着物を作れたらいいんだが」

自分の手がけた裾絵羽の訪問着も着てくれたが、梨乃が袖を通すと明らかに着物が映える。梨乃に助けられていると言っても、過言ではなかった。

そんな事を考えつつ、スナップ写真の入ったアルバムを捲っていると、電話が鳴った。取るとやけに明るい声が、耳に飛び込んでくる。

『君の作ったパンフレットを見たよ』

「東雲君か、どうだった？」

『最高だ。しかし俺が作れば、もっと良いものができる』

いかにも東雲らしい感想に苦笑したが、彼なりに褒めているのは分かるので反論はしない。彼と知り合ってから、大抵この調子なので慣れてしまったというのもある。

だが続いた言葉に、修平は笑顔を消した。

『しかし、見違えたよ。座敷童君、随分見栄えがするようになったじゃないか。そうとう手をかけたな。色気が出て、艶《つや》もある』

「嫌な言い方をしないでくれ」

『本当の事だろう？　可愛がられてなけりゃ、あんな表情は出せないぜ。ちょっと俺にも貸してくれよ。俺が使えば、もっと座敷童君の魅力を引き出せる』

「梨乃を物のように言うな」

『なんだ、君でも本気で怒るんだな。そんなにあの座敷童君がお気に入りかい』

いつもは聞き流せる軽口だが、あからさまに梨乃を馬鹿にする東雲の態度に苛立つ。

「東雲君が、そういった迷信を信じるとは思えないが。どういう風の吹き回しだ？」

『君ばかり御利益を受けているのは、狡《ずる》いだろう。それにあの子が君の所に来てから、明らかに業界内での評判は良くなってる。俺は座敷童説が本物かどうか、試してみたくなったんだよ』

以前にも、実家で奉る細々した神事の話をした事があったが、東雲は下らないと一蹴《いっしゅう》したのを覚えている。

「私は梨乃が座敷童の血筋だと信じているし、疑ったこともない。しかしだからこそ、人の欲を満たす為に使うような真似をしてはならない」

『手込めにして、モデルとして使っていた君に説教されてもねえ』

自分は本気で梨乃を愛しているが、第三者から見れば汚い手を使って縛りつけていると勘違いされるのも仕方ないだろう。

「モデルにしたのは確かに私の我が儘だ。反論はしない。だが、梨乃を心から愛している。だからこそ恋人を貸すなどという話に、頷ける訳がない」

『その通りだ。しかし梨乃君が納得して、俺のモデルを務めると言えば、君は許すよな？　心から愛してる座敷童からの頼み事なのだからね。俺はね、梨乃君の自主性に任せるべきだと考えているがどうだい？』

「梨乃がそう言うなら、私が止める権利はない」

『よし、確かに聞いたぞ。じゃあまたな』

意外にあっさり引き下がったので、修平は突然切れた電話を持ったまま首を傾げる。

――何を考えているのか、さっぱり分からない。

ともあれ、暫くは東雲の動向に気を配った方がよさそうだ。

いきなり梨乃を誘拐するような真似はしないだろうけど、用心するに越したことはない。

その夜、帰宅した梨乃はやけに沈んだ顔をしていた。疲れが出たのかと声をかけたけれど、力なく首を横に振るばかりで答えてくれない。

しかし心配だったので梨乃にはベッドで休むように言い、久しぶりに修平が夕食を作った。

夕食のテーブルについても、梨乃は俯き加減で視線を合わせない。話を振っても上の空だったが、これからの事を話し合いたいと言うとのろのろと顔を上げる。

「梨乃、今回の撮影が終わっても私の所にいてもらえないだろうか」

「そのことで、お話があるんです」

思い詰めたような顔で、梨乃が遮った。けれどなかなか、言葉が続かない。

「言ってごらん、梨乃」

「僕、東雲さんの所で働いてみようと思うんです」

「どうして東雲君の会社なんだい。待遇に不満があるなら、言って欲しい。理由があるなら、聞きたいんだ」

暫く黙った後で、梨乃が真っ直ぐ修平を見つめて告げる。

「他の仕事をして、自信をつけたいんです。我が儘を言ってすみません。契約は兄から進めてもらう事になっています」

一瞬、頭の中が真っ白になった。何故梨乃がそんな事を言い出すのか、理由が分からない。

「どういう事なんだい、梨乃。彼に何か言われたのか？」

けれど梨乃は黙り込み、俯いてしまう。

「怒っている訳ではないんだ」

「……ごめんなさい。勝手な事ばかり言って。やっぱり僕は、修平さんに甘えっぱなしで……このままじゃ迷惑をかけるだけになるから。自分で何か切り開いてみたいんです」

梨乃の中では既に答えが出ているらしく、言葉をかけても明確な答えは返ってこない。それどころか、自分を責めるような言動を繰り返す。

「そんなに自分を責めるような事を言ってはいけないよ。寂しいけれど、梨乃が決めたのなら私に引き留める権利はない。でもね梨乃が望むなら、いつでも戻ってきて構わないよ」

それだけは忘れないでほしいと続ければ、梨乃が小さく頷いた。


翌日、梨乃はボストンバッグを一つ持って待ち合わせとして指定された駅のターミナルへ行った。

持ち物は着替えと、修平にもらった普段使いの着物数枚だけ。

他の荷物は、兄の事務所へ着払いで送ってある。

――これでよかったのかな……って、前向きにならなきゃ駄目だ。東雲さんの所で勉強するつもりで頑張らないと。

一方的に脅されて、言いなりになるのは梨乃としても嫌だった。だからせめて、東雲の所に居る間にできるだけ成長しようと考えていた。

あまり好きではないけれど、東雲は業界内でもトップクラスのブランドを指揮している経営者だ。デザインはできないが、彼の心構えやその下で働くデザイナー達の仕事ぶりを観察する事で得るものは大きいと考えていた。

しかし、梨乃の考えはあっさりと覆される。

東雲の車で連れて行かれたのは、彼の所有するビルだった。

「ここがオフィス兼、スタジオ。最上階が、俺と君の部屋になる。先に言っておくけれど、俺の許可なしで外出は許さない」

「え？」

「家具や服は用意してあるよ。足りないものがあれば言ってくれ。すぐ秘書に用意させる」

一方的な命令に梨乃は反論しようとするが、東雲は聞く気がないらしい。

「まずは仕事だ。アシスタントにドレスを用意させて、仮の撮影をする。サイズはその都度、仮止めで合わせよう」

「七瀬様。こちらへどうぞ」

控えていたアシスタントらしき女性が、梨乃を別室へと移動させる。

修平の元で働いていた人達と違い、皆無口で表情も崩さない。

「あの、僕は……」

「東雲様からの指示で、本日は三着のドレスを用意してあります。撮影が終わりましたら、食事になります。他にご質問は」

「いえ……分かりました」

服を脱がされ、数人がかりでドレスを着せられる。下着も女性用のものを穿《は》かされたが、アシスタントは誰も顔色一つ変えない。

東雲はドレスのデザインを手がけていると、修平から聞いていた。ただ実際は本人がデザインをするのではなく、彼が発掘してくる有望なデザイナーがコンセプトを聞いた上で一から作り上げているらしい。

実際、渡されたドレスは梨乃が見ても素晴らしいものばかりだった。

——着るのが僕じゃなければ、もっと素直に素敵だって思えたんだろうけど。

撮影が始まると、どこからか東雲が戻ってきてカメラと連動しているノートパソコンを覗き込み、スタッフと話し始める。

用意されたドレスを着ての撮影が終わり、私服に着替えると梨乃はスタッフにオフィスまで行くように言われる。

そこには困惑顔の撮影スタッフと、しきりに首を傾げている東雲が待っていた。

「君が座敷童だというのは、本当なのか？　まあ信じてた訳ではないけれど、君が大杉の着物や帯を着けている時と、うちのドレスを着ている時とではまるで表情が違う」

パソコンの液晶画面には、何百枚もの写真が映し出されており、東雲が指示するとオペレーターが数枚をピックアップした。

どれもウエディング関連のパーティードレスなので、どうしても首回りと二の腕が出る。だから多少の画像加工はしてあるけど、梨乃の表情と視線は変えられていない。

「座敷童君の機嫌を損ねてしまったかな」

わざと棘を感じさせる言い方に、からかわれていると分かっているけど、反論せずにいられない。

「僕は修平さんだけの座敷童です」

「つまり人を選ぶという訳か？　随分大きく出たな」

どうやら東雲は怒っている訳ではなく、それどころか睨んでくる梨乃が面白いようだ。

「あいつより俺の方が有望だぞ。現にうちの規模は大杉君の倍だ」

「修平さんは、素敵なデザインをします」

「そんなことは、専門の職人にやらせればいいじゃないか」

「あなたはそれでいいんでしょうけど、修平さんは違います。考え方が違うんですから、口出しはしないで下さい」

「威勢がいいね、大杉君には勿体ない人材だ。やはり引き抜いて正解だったよ」

一人納得した様子で頷きながら、東雲が梨乃に手を伸ばす。突然の事で避けきれず、梨乃は顎を掴まれ上向かされた。

「近くで見ても、君は可愛らしい。しかし骨格は男だ」

「男なんだから当然ですよ」

梨乃は東雲の手を振り払い、毅然とした態度で睨み付ける。

「大杉君は最初、君を女性だと勘違いしていたらしいね。それでも許して、モデルを引き受けるなんて健気じゃないか」

当たり前だが、東雲は梨乃と修平が以前出会っていた事を知らない。五年前の自分は更に華奢で、親族以外の人は誰もが梨乃を女の子だと勘違いをしていたほどだ。

それに祖父母達が『座敷童』の正体を梨乃だと訂正しなかったのも、原因になっている。

「許すとか、そんなんじゃなくて。僕は自分の意志で引き受けたんです」

女装するのは恥ずかしかったけれど、引き受けたのは修平を喜ばせたいという思いが強かったからで、こうして東雲のように脅されて受けたわけではなかった。

しかし説明したところで、東雲は絶対に理解しそうにない。

「まあそういう事にしておこう」

苦笑しながら決めつける東雲の態度に、梨乃は悔しくて唇を噛む。

――強引だけど、普通の人だって思ってたんだけど。仕事が絡むと、こっちの話を聞いてくれないタイプだ。

東雲は一方的な理論を押しつけ、勝手に納得している。ワンマンな経営者に、ありがちなタイプだと分析するが、上手く訂正できるような話術を持たない梨乃はとにかく言い返すほかない。

「勝手に決めないで下さい」

「うん、その眼差しはいい。けれどいま、俺が求めてる悲壮感には足りないな」

「悲壮感？　ブライダルなのに？」

もっと華やかなテーマなら分かるが、東雲のコンセプトテーマに梨乃は首を傾げる。

「次のブランドテーマが、『悲恋からの自立と告白、そして幸せ』なんだ。丁度いいだろう。君が大杉君を想って泣いてくれたら、雰囲気はぴったりなんだよ」

毎回インパクトのあるイメージで作り上げるのが趣味なのだと、東雲が力説する。確かに本人も変わっているから、業界では個性派としてもてはやされている。

——ブランドを引っ張る資質はあるみたいだけど……。

真似をして成功する人。完全に独自路線を貫いて、地位を確立する人。

色々あるのだというのは、本を読んだり兄から話を聞いて知っている。東雲はまさに、後者の見本だ。

けれどやっぱり、梨乃には修平の考え方がしっくりくる。古いものを大事にしながら、ゆっくりと新しい流行を受け入れ作り上げていく姿勢は、見ていて楽しい。

「そうだ！　座敷童君は暫く誰とも接触しないでいてもらおう。疑似的でも、監禁状態になれば感情が出る」

「なにを言い出すんですか。来週はスクーリングがあるし、兄さんにもこちらでの報告をしないと」

「学校なんて一度くらい休んでもいいだろう。君のお兄さんには、うちのスタッフから連絡を入れるよ。別に酷い事をする訳じゃないし、そう真面目に考える事じゃないよ」

なおも反論しようとしたが、東雲はタブレットを取りだして何事かをメモし出す。その間に、控えていた秘書達が梨乃の鞄とスマートフォンを取り上げた。

「何してるんですか！　勝手に触らないで下さい」

慌てて取り返そうとした梨乃を、別の秘書が前に立ち塞がって遮る。

「プライバシーを覗くようなことは致しませんし、外出と連絡以外でしたら、ご希望に添ったものを提供します。ご安心下さい」

「全然、安心なんてできませんっ。ともかく返してください」

けれど梨乃の文句が通るはずもなく、秘書に連れられて最上階の部屋に連れて行かれた。中はモデルルームのように整えられ、必要な家具は勿論、退屈しないようにとの配慮からゲーム機やスクリーンシアターまで揃えられていた。

「お食事はこちらに運びます。七瀬様は雑務などせず、おくつろぎ下さい」

広い部屋に一人取り残され、梨乃は予想していた以上に大変な事になったと気がつく。これでは修平どころか兄にすら連絡が取れない。

外の廊下に通じるドアは外からロックされており、ご丁寧にベランダや窓も数センチしか開けられないように作られていた。

一通り室内を見て回った梨乃は、どこにも逃げられそうな場所が無いと知りその場にへたり込む。

「……弱気になったら駄目だ。仕事を終わらせれば出られるんだから、しっかりしないと」

彼の求めるイメージは梨乃にとって不本意だ。けれど、契約をした以上、仕事と割り切るしかない。

「こんな事でへこんでたら、修平さんを守れない。早く仕事を終わらせて帰らなきゃ」

座敷童では無いけど彼の役に立ちたい。自分に言い聞かせるように呟き、梨乃は両手で自分の頬を軽く叩く。不安な気持ちを無理矢理奮い立たせると、テーブルに置かれていた今回のコンセプト資料を手に取り、真剣に読み始めた。


その日から、梨乃は何をするにも不自由な生活が始まった。

東雲は仕事の話をする時だけ顔を出し、後は彼の秘書やアシスタントが梨乃の世話をする。とは言っても食事を運んできたり、着替えを持ってくるだけで会話は殆どない。

話しかけても東雲に命じられているらしく、雑談にすら応じてくれなかった。

ただ最初に約束したとおり、梨乃が読みたい本や食事をリクエストするとすぐにそれらは部屋まで届けられる。

毎日、午後に行われる撮影が終われば、部屋の中限定であるけれど、梨乃は自由だった。しかしいつまでも、こんな生活を強いられるのは限界がある。

「――もう満足でしょう？　いい加減に、外に出してください」

ドレスを着せられた梨乃は、アシスタント達に指示を出している東雲に詰め寄った。

「閉じ込めれば、少しは憂いのある表情になると思ったんだけど。逆効果だったかな？」

全く悪びれていない東雲に、梨乃は苛立つ。

彼にしてみれば、梨乃は自身のブランドを作り上げる材料の一つにすぎないのだと、言葉の端々から伝わってくる。

「そんな簡単に、あなたの思い通りになるわけないじゃないですか」

「ならいっそ、大杉君の会社を潰してもいいいんだよ。それとも、親族が経営している旅館を買い取ろうか。戻る家がなくなれば、座敷童君は必然的に俺のところへ来るしかないだろう？」

「脅しですか？　そんなことで頷くわけがないでしょう、修平さんだって大人しくしてる訳じゃないし、お爺ちゃんの旅館はあの地域じゃ老舗です。組合の人達が黙っていませんよ」

不安を隠して、梨乃は東雲に言い返す。

ここで弱気な態度をみせれば、益々相手を付け上がらせるだけだ。

「やっぱり君はいいね。そのくらい強気でいてくれた方が面白いが……残念なことに、次のコンセプト発表まで時間がないんだ。だから強硬手段に出ようと思ってね」

「なにを……する気です？」

「先日、大杉君と会う機会があったんだ。彼は君が望んで俺の元に来たと思い込んでいたから、まあ嘘でもないし肯定しておいたよ」

何を話したのか詳しく言わないが、余裕の表情で語る東雲に梨乃は嫌な予感しかしない。

「彼があんなに、メンタルが弱いとは意外だったね。『座敷童が私のマンションに住んでいる』と話したら随分と気落ちしていたよ。潰すなら、今がチャンスだ」

「もう止めて下さい。修平さんになにかしたら許さない！」

「怒った顔も、魅力的だね」

「真面目に話をして下さい」

「潰すなんて、冗談に決まってるだろう。流石に俺の一存だけじゃ、彼の実家は潰せないよ」

内心ほっとしたが、続く言葉に背筋が冷たくなる。

「精々、彼自身の持つ絵羽模様作家という自信をなくさせる程度かな」

それは梨乃が、最も恐れていた事だ。

毎日試行錯誤しながら、遅くまで下絵を描いていた修平を思い出す。なかなか思うように行かないが、それでも懸命に作業する彼を梨乃も応援していた。

新しい作品の構想が固まる度に、梨乃は修平以上に心から喜んだ。

「その様子だと、彼のデザインに余程入れ込んでいるようだな」

少し意外そうに言いながら、東雲がテーブルに置いてある業界誌を手に取り付箋《ふせん》の貼ってあるページを開く。

「三日後、大杉君は、完全な新作はないが、これまで作って来てまだ出していない新しいデザインの帯を発表する。それなりに社運を賭けていて、規模も大きい」

記事は修平へのインタビューと、京都の工房や店の写真などが中心だ。元々は地元の若衆の挑戦と題を打って始まった企画らしく、発表の件は最後に少し書かれているだけだ。

しかし梨乃は、修平と共に写るモデルに目を奪われる。

この間のスタジオでは、一度も見なかった女性だ。清楚《せいそ》な容姿で気品もあり、豪華な絵羽模様を着ても全く遜色《そんしょく》ない。

「この人……パンフレットの撮影にいませんでしたよね」

「そうだよ。今回のために起用されたと聞いた。パリコレでの経験もある、ベテランモデルさ」

「じゃあ、他の人は……?」

梨乃の脳裏に、ヒメカの顔が過ぎる。

「ああ、君を虐めてた女の子? 私の部下に荷担したと裏が取れたら、業界から姿を消したよ。残っているのはごく数人だって」

あっけらかんと言われ、梨乃はすぐに状況が呑み込めない。確かに彼女達は期間限定のモデルだと畑山から聞いていたが、まだ契約は残っていたはずだ。

「彼、興味なくすと辛辣だからね。恋人かもなんて噂があった相手だけど、使えないって分かったから契約途中でも打ち切ったんだよ。元々仕事も不真面目だったみたいだし、丁度よかったたんんじゃないかな」

面白おかしく話す東雲に、苛立ってくる。

「案外、君への虐めが酷くなるまでわざと黙認して、それを理由に解雇だったりしてね。余程の問題を起こさないと、途中での契約破棄は問題になるからさ」

「修平さんはそんな酷い人じゃありません」

そう反論するが、モデルが解雇されているのは事実だ。

タイミングとしても、梨乃への虐めがエスカレートした時期と被る。

「あとこれは噂だけど、君を虐めていたモデル。元は大杉君の彼女だったって話さ。だからお情けで仕事を貰えてたって。そこへ座敷童君が来たもんだから、そりゃプライドの高い女は君を虐めちゃうよね」

「彼女さん……だったんですか」

「え？　知らなかったのか。そりゃ、悪い事をしちゃったな」

動揺する梨乃の肩を、東雲が慰めるように抱く。

「結局、君も彼女も二股かけられた挙げ句、大杉にいいように使われて捨てられたって事だよ。まだ分からないのかい？」

「そんなの。嘘です」

そんなはずはないと、梨乃はあの日々を思い出す。梨乃は常に修平の側におり、彼も梨乃を片時も離さなかった。

抱き合ってからは、それこそ修平が畑山から『梨乃君をちょっとくらい自由にさせてあげなさい』なんて、小言を言われるほどだった。

「体だけの付き合いなら、簡単だよ。例えば――」

「なに？　……嫌っ」

片手で顎を摑まれ、顔を固定される。東雲の顔が近づいてきて咄嗟に梨乃は逃げようとするけど、肩に回された手に押さえられ身動きが取れない。

「こんなふうにキスをするなんて、簡単だ。君をその気にさせて、体だけ奪ってしまってもいいのだけれど、そういうのは生憎《あいにく》趣味じゃないから安心してくれ」

唇に東雲の吐息がかかるが、それ以上触れようとはしてこない。内心ほっとしたけれど、彼がその気になれば自分の体は簡単に弄《もてあそ》ばれる状況に置かれているのだと今更自覚する。

「座敷童君が考えているより、大人は誰でも即物的で汚いものだよ。インスピレーションを得るために、その場限りの恋を演じたりもする。自分の求める芸術のためなら、疑似恋愛なんて簡単なことさ」

ぐらりと、目眩《めまい》がした。

修平を疑いたくないが、彼女達の陰湿な虐めを思い出すと東雲の言葉が嘘だとも思えない。

「なあ、座敷童君。彼の発表する新しいデザインとやらを、見たくないか？」

「いいんですか？」

「ただし、大杉君と話をしたら駄目だよ。話しかけられても、挨拶程度にすること。約束してく

れるね？」

本当は、会いたいのか会いたくないのか梨乃にも分からない。

会えたとしても会話はできないのだし、何より恋人がいたのかなんて梨乃にはとても聞けない。

それでも、ひと目だけでも修平の元気な姿が見たいと思う。

これまでは修平のため、そして自分の勉強にもなるのだと言い聞かせてきたけれど、感情を理屈で押さえ込むのは限界だった。

「分かりました……」

目の前が霞《かす》んで、涙が零れる。

控え室に戻ろうとしたが、何故か東雲に腕を掴まれた。

「この顔だ！　やっと君は、絶望してくれたね。早くカメラマンを呼べ。すぐに撮るんだ！」

いきなり周囲が慌ただしくなり、梨乃は抵抗する気力もなくしてぼろぼろと涙を流す。撮影が終わっても動けず、梨乃はドレス姿のまま部屋へと運ばれた。


撮影が終わってからの事は、よく覚えていない。パーティーまでは自由に過ごして構わないと東雲から言われていたけど、梨乃はパーティードレスの試着以外は特に何もせず眠っている事の方が多かった。

そして約束の三日後。

梨乃が連れて来られたのは外資系ホテル内にある、大広間だった。

そして服装は、東雲の選んだ青のカクテルドレス。首にはアメジストで彩られた、太めのチョーカーをつけられ、肩にショールも巻かれている。

ご丁寧に化粧まで施されており背も低く華奢な梨乃は、よく見なければ女性と間違えられるだろう。

業界人と思われるきらびやかな男女が集まっており、梨乃でもテレビなどで見たことのある芸能人が談笑していた。

明らかに場違いだと分かり、梨乃はできるだけ目立たないように隅の方で小さくなる。

「そんな所にいないで、こっちに来なよ。梨乃君はお酒、飲める？」

「まだ未成年ですから」

「じゃあ、ノンアルコールカクテルを一つ」

派手なドレスを纏った女性と挨拶を終えた東雲が戻ってくると、側にいたボーイに声をかけて飲み物を持ってこさせる。

渡される際に味の説明をされたけれど、緊張して頭に入ってこない。

——やっぱり来るんじゃなかった。

兄の主催した展示会とは全く違い、ここは完全に社交の場だ。

柱の陰に立った梨乃はさりげなく周囲を見回し、修平の姿を探す。すると一際華やかな場の中心に、ずっと会いたかった彼がいた。

彼の元から離れて、まだ十日も過ぎていない。

けれどもっと長い間、会っていない気がする。胸が締めつけられて、今にも飛び出していきそうになるが東雲との約束を思い出して梨乃は必死に堪えた。

——修平さん。

人混みに紛れて最初は気がつかなかったが、彼の隣には必ず同じ女性が立っていると気がつく。着ているのは、修平の手がけた新作だという総絵羽模様の着物だ。

髪飾りやネックレスをふんだんにつけ、女性は全身広告塔のように目立っている。

「あの女、気になるのかい？」

「いえ……」

「次の彼女候補だって、もっぱらの噂だ」

聞きもしないのに、東雲が梨乃の視線に気付いてわざわざ教えてくれる。

「……次？　どういう意味ですか」

「解雇した子の席が空いたから、新しい女をつくったってだけさ」

まさかと、梨乃は思う。

自分と過ごしていた間、修平は女性と付き合っている素振りなど全くみせていなかった。だから先日聞いた二股の件も、本気にしていなかったのだ。

「これで信じてくれたかな？　彼に何を言われたか知らないが、ああいう男なんだよ。まあ隠してた理由は、もう一つある。君が男だからだよ」

次第に背筋が冷たくなるのを感じながら、梨乃は東雲の言葉を黙って聞く。

「恋人だと噂が流れなくても、女装のモデルを専属で使っているなんて話が流れたら、彼は会社だけでなく全てを失う」

事実、業界内に配ったパンフレットにはメインモデルとして梨乃が載っている。新しいデザインに挑戦する作家として脚光を浴びているが、大杉は老舗の跡取りだ。

デザイナーの仲間や、撮影所のスタッフはともかく、長年付き合いのあるお客は所謂『お堅い人達』だ。

「ほめられたことじゃないが、愛人を囲っているくらいなら目を瞑ってもらえるけど。それが男となるとね……大問題だ。君の存在は、大杉君を追い詰めるだけなんだよ。でも俺に協力すると約束するのなら、黙っていてあげるよ」

東雲の言うとおりだと梨乃も思う。

あくまで梨乃は『座敷童』として、修平と同居をしていた。そうすることで、修平の創作意欲が高まればいいと、単純に考えていた。

気持ちが通じて、恋人同士になれたことは嬉しかったけれど、こうして現実を突きつけられると自分が浮かれていたと理解する。

――本気になって、馬鹿みたいだ。

それでも、修平への想いは断ち切れない。着物姿の女性と腕を組み、和やかに歓談する姿を見ても嫌いになんてなれなかった。

——修平さんに利用されてたって構わない。あの人が素敵な作品を作る為に、なんだってする。

「いいね。その表情が使いたかったんだ。帰ったら早速撮影しよう」

肩を引き寄せられたが、梨乃はなけなしのプライドで東雲を振り払う。と、今度はいきなり背後から腰を抱かれて体が宙に浮く。

「兄さん」

片手で軽々と弟を持ち上げた浩一は、梨乃を東雲から引きはがしてから下ろす。短く整えた金髪に筋骨隆々とした浩一に睨まれ、東雲は苛ついたようで眉間に皺を寄せる。

「弟がお世話になってます。すみませんが、二人で話をさせて頂いてもよろしいですか」

尋ねてはいるが、口調は厳しく拒否を許さない姿勢が梨乃にも伝わってくる。

「ええ……どうぞ」

兄の迫力に気圧されたのか、東雲は舌打ちをすると何処かへ行ってしまった。

「全く、根性がないな」

「兄さんがおっかない顔をして、睨むから」

「当たり前だ。大切な梨乃に、こんな服を着せて」

淡い青色のドレスをちらと見て、浩一が眉を顰める。

「これは別にいいんだ。自分で着るって決めた服だから……でも、似合わないよね」

気付かれないように目尻に滲んだ涙を拭い、梨乃は作り笑いを浮かべる。

「お前はもう少し、周囲からどう見られているか冷静に受け止めろ。兄としては不本意だが、似合っていると言わざるを得ない」

複雑な表情の兄に、梨乃も困ったように微笑む。

「しかし、不本意だけれど大杉君のデザインした振り袖の方が、梨乃には合う」

「……ありがとう。もしかして、パンフレットを見たの？」

「送られてきたからな。梨乃の晴れ姿を見ないでどうする」

大きな手に頭を撫でられ、梨乃はなんとも言えない気持ちになった。

「とりあえず、調子はどうだ？」

「なんとかやってるよ」

実際、東雲はドレスの撮影以外にも、デザインの仕事をいくつか任せてくれている。仕事に対する姿勢は真面目で、身内びいきをしない点は流石だと思う。

素直な感想を伝えると、兄は面白くなさそうに唸る。

「あいつ、能力はあるんだが。性格が悪いのが難点だ」

「兄さん。修平さんは、何か言ってた？」

「いや、話をしようと思ったんだが、実家の方が忙しくなったらしくて来月から一カ月ほど京都に戻るらしい。その関係で、なかなか時間が取れないんだ」

「そんなにお仕事、大変なんだ」

座敷童の自分がいなくなっても、修平の事業は問題ないのだと痛感する。けれどなぜか兄は表情を曇らせた。

「忙しいが、上手くいっているという意味じゃないぞ。どうにもこれまでの勢いが感じられなくてな、今日のお披露目も盛況じゃない。可も不可も無くと言ったところだ。中には聞こえよがしに『内輪に配ったパンフレットが絶頂で後は落ちるだけ』なんて言うやつもいる」

「修平さん、そんなことになってたんだ」

自分が側にいても、何もできないのは分かっている。デザインの才能があるわけでもないし、兄のような人脈もない。

「お前が大杉君と話をすれば、彼も元気が出るんじゃないか」

「それは、駄目って言われてて」

梨乃はパーティーへ行く条件として、ドレスを着ることと修平と会話をしないことを約束させられたと話す。

すると次第に兄の顔が険しくなり、不適な笑みを浮かべる。

「よし、俺に任せろ。お前は何も心配しなくていいぞ」

「兄さん。暴力沙汰《ざた》はやめてよ」

「分かっている」

ああいう顔をした時の兄は、何をするか分からない。昔、梨乃が学校で虐められていたときも、不在がちな両親に代わって乗り込んでいった過去がある。

スマートフォンを手にして、何処かへ向かった兄の背を見送っていると、東雲がこそりと近づいてきた。

「弟想いの、いいお兄さんだね」

「ええ、まあ」

あきらかに社交辞令と分かるので、梨乃は適当に相づちを打つ。東雲のような調子の良い人物は、大抵兄が苦手だ。

「座敷童君。先程から考えていたんだけどね、思い切って俺とフランスに行かないか？」

「フランス？」

唐突すぎる提案に、梨乃はついていけない。

「日本にいるとどうしても煩く口出ししてくる連中がいるからね。短期でも留学してみないか？勿論、君の通っている専門学校には、責任を持って話をつける。費用も負担するよ。持病の事も、専属の医師を同行させる」

話だけ聞けば、至れり尽くせりだ。しかし特別才能もない梨乃を、ここまで持ち上げる意図が分からない。

「確かに君は、デザイナーとしての素質は平凡だ。しかしモデルや企画といった分野では、のびしろがある。正直俺は、その部分を伸ばしてみたい」

才能を見抜く感覚は人一倍優れていると、修平も認めていた。その東雲が、梨乃には才能があるとはっきり言っているのだ。

「でも……」

けれど留学となれば、兄や修平とも会えなくなる。その不安が顔に出たのか、東雲がしたり顔で頷く。

「大杉君が心配かい？　あれは周囲に甘やかされているから、少しは荒療治が必要なのさ。君が日本にいれば、必ず頼って来る。それは彼のためにもならないだろう？　それと、君のお兄さんは過保護すぎる！」

両手を握りしめ語気を強める東雲を見て、彼が一番問題視しているのは兄だと梨乃にも分かった。

「修平さんは、僕なんかを頼らなくても認められている人です」

「そう思うなら、尚更問題はないだろう。むしろ離れるべきだ」

上手く誘導されてしまったと気付いた梨乃だが、上手い反論が見つけられず黙ってしまう。

「あれだけ君を座敷童だと頼っていたのに？　今は彼も君への依存を断ち切るべき時だ。そして君も、大杉君と、特にお兄さんから自立した方がいい」

寂しいけれど、東雲の言っている事も一理ある。梨乃が俯くと、東雲が満足そうに頷いた。

「よし、それなら善は急げだ。このパーティーが終わったら、すぐに空港へ向かおう。服や身の回りのものは、向こうで買えばいい」

「そんな急に？　パスポートだって、必要ですよね」

「高校時代に修学旅行用に作ったと聞いているよ。航空券の手配もあるから、その間に部下に言ってご実家へ取りに行かせよう」

狼狽《うろた》える梨乃に構わず、東雲があっという間にスケジュールを立てていく。何が何だか理解できなかったけれど、梨乃は自分が追い詰められていることだけは分かった。

「——人酔いしたみたいだから、少し休ませて下さい」

それだけ言って、東雲の側を離れようとする。

「ああ、ゆっくりしておいで。時間が来たら呼びに来るから。それまで誰が一番君の才能を引き出せるか、そして金銭面でも十分なサポートができるのかを、落ち着いて考えてごらん」

東雲も梨乃を宥《なだ》めたり、引き留めたりはしない。既に梨乃が逃げるという選択をしないと確信しているのだろう。

広間から出て一人になった梨乃は、閑散としているロビーの端にあるソファに座り、ぼんやりと外を眺める。

——やっぱり嫌だ。

けれどこのままでは、逃げたくても逃げられない。

いきなり話を進められ、流されてしまったのは否めない。けれど、東雲の言う事も理解はできる。

修平が困っているのだとしても、自分には何もできないのだ。それならば東雲の言うとおり、留学をして力をつけるという手もある。

何が正しくて間違っているのか、梨乃には判断できない。

「梨乃？」

「あ……」

声をかけられて振り返ると、そこには袴《はかま》姿の修平が立っていた。ドレスを纏った梨乃を見て少し驚いた様子だったが、すぐに穏やかな微笑みを浮かべる。

「来てくれるとは思ってなかったよ。これは、東雲君の所のドレスだね。悔しいけど、やっぱり梨乃は何を着ても綺麗だよ」

その言葉に、胸が痛くなる。梨乃は首を横に振り、東雲との約束も忘れて修平の胸に飛び込んだ。

「僕は、修平さんの着物しか着たくないです」

心からの思いを口にすると、修平が強く抱きしめてくれる。

「随分やつれて……なにがあった、梨乃？　化粧で誤魔化しているけど顔色も悪い。外で話をしよう」

取り乱した梨乃を前にして思うところがあるのか、修平が肩を抱いて促してくれる。周囲にはホテルの従業員が数名いるだけで、関係者の殆どはまだ大広間にいるようだ。

「修平さん、僕……修平さんの側にいたい。迷惑にならないようにするから、恋人じゃなくてもいいから、側にいさせて」

それまで無意識に押さえ込んでいた感情が、涙となって溢れてくる。

「落ち着きなさい。もう大丈夫だから」

幼い子供のように泣きじゃくる梨乃の背を、修平の手が優しく撫でてくれる。

「とりあえず、私のマンションへ戻ろう。東雲君には、後で話をしておくから……」

「おい、それは俺のだぞ！」

吹き抜けのフロアに、東雲の声が響く。大広間のある二階の手すりから身を乗り出し、怒鳴る東雲に修平が怒鳴り返す。

「梨乃を物のように言うな！　君はこの子に、何を吹き込んだんだ」

「別に何も。彼は自分の意志で、私のものになると言ったんだぞ。既に契約の切れている君が、とやかく言う筋合いはない」

嘘ではないので、梨乃は反論できない。しかし修平は、梨乃の肩を抱き玄関へ向かって歩き出した。

「行こう、梨乃」

「そんな子供は俺のタイプじゃないが、御利益があるんだろう？　モデルとして教育すれば輝くのは分かっているから、俺が育ててやる。君の所で遊ばせておくよりよっぽど有益だ」

本気で修平が梨乃を連れ出すつもりだと気付いた東雲が、階段を駆け下りてくる。

「私の恋人を返してもらう」

梨乃は修平に手を取られ、駆けだした。

車止めを通り抜け、修平は表通りではなくホテルと繋がっている庭園側へと向かった。ホテルのタクシーだと、追いかけられる可能性が高いので、東雲から姿を眩《くら》ませることが先決だと考えたのだ。

「君が東雲君の所へ行って、暫くしてから彼の秘書が相談に来たんだ。流石に今回は、やりすぎだと言っていたよ」

「……そうだったんですか。あちらのスタッフの方はあまり喋らない人ばかりだったから、てっきり東雲さんとおなじ考えだと思ってました」

どうやら修平をライバル視しすぎて、関係のない梨乃を巻き込んで暴走気味だったと周囲も心配していたようだ。

「学校のスクーリングも、休ませられたそうだね。君の体調も気にかけていたよ」

頷く梨乃に、修平は唇を噛む。

――もっと早く気付いてやれなかった私の責任だ。

梨乃の通っている通信制の学科には、月に数回校舎で直接指導を受けるスクーリングが義務づけられている。

単位取得にも関わるので、これだけは必ず通わなくてはならない。

「君を苦しめるために、連れてきたわけじゃないのに……すまない」

「違います、修平さんは悪くありません。僕が浅はかだったから」

声を潜めながらも、梨乃が必死に否定する。

――どうして私は、この子を簡単に手放してしまったんだ。

それが梨乃の意志なら仕方がないと、諦めていた。だが落ち着いて思い返せば、東雲がわざわざ事務所を訪ねてきた日から明らかに梨乃の様子はおかしかった。

「実は明日にでも、東雲君の事務所へ行くつもりでいた。まさか君が来てくれているとは思っていなくて。気付くことができて、本当によかった」

華奢な体を、夜風から守るように抱きしめる。

「このまま、帰ろう。梨乃」

「でも修平さんが主催のパーティーでしょう？」

「挨拶はもう済んでいるし、今日は織りを担当した職人や京都の友人達も来ている。彼等には申し訳ないが、途中退席すると伝えて残り時間を仕切ってもらうよ。こういったトラブルは、ままあるからね。持ちつ持たれつだ」

すると梨乃が意外だというように目を見開く。

「修平さんて、真面目な人だと思ってたけど違うんですか？」

「大人になると、色々あるんだよ。幻滅したかい？」

尋ねると梨乃は首を横に振り、くすりと笑う。

「いえ、なんだか今の修平さん。いたずらっ子みたいで……」

「やっと笑ってくれたね」

涙の滲む頬を指で拭うと、梨乃の笑みが深くなる。しかし、いつまでも庭園の木陰に隠れている訳にもいかない。

「走る元気はあるかな？　裏側の方から通りに出て、タクシーを拾おう」

「はい」

ドレスに合わせたパンプスだと、改めて気付く。梨乃は健気に頷いてくれたが、無理はさせられない。

とその時、修平のスマートフォンが振動した。急いで出ると、聞き慣れた声がする。

『大杉君、梨乃と一緒だな』

「はい、どうしてそれを……」

『勝手に出て行ったのを、君のとこの畑山嬢が見ていたんだ。その後の、ロビーでの騒ぎもだ。君の友人とスタッフは手際がいいな、君がいなくても滞りなくパーティーを進めているぞ』

どこか楽しげな梨乃の兄、浩一の声に、修平は安堵する。

スタッフの中でも畑山は梨乃を気に入っていたから、彼女が素早く手を回してくれたと想像がついた。

『これから車を回す。ホテルの西側、駐車場出口まで行けるか』

「すぐ近くです」

答えると電話が切れる。浩一は話している時間が無駄と判断したのだ。

「誰だったんですか」

「梨乃のお兄さんだ。迎えに来てくれるそうだから、あの出口近くまで移動しよう」

街灯に照らされた出口までは、十数メートルだ。梨乃を見ると、片手で足のかかとを気にしている。やはり慣れない靴で、足を痛めたのだろう。

周囲を見回し、東雲の姿がないことを確認してから梨乃を抱き上げて茂みから出る。

「駆け落ちみたい」

笑いながら言う梨乃を見遣ると、その瞳に再び大粒の涙が浮かんでくる。

「あの、修平さん……僕……」

「もう大丈夫だから。君は何も心配しなくていい」

「ごめ……なさい……っ。修平さんと、こうして話ができるって思ってなかったから。明日にはもう……フランスに行くことになって……」

安心して泣き出す梨乃の口から、信じられない言葉が続く。

「僕は、修平さんが好きで……でも一緒にいたら、迷惑かけるから……修平さんも、女の人がいいですよね」

「何を言い出すんだ」

「だって……パーティーの、モデルさん……っ……」

嗚咽が酷くなり、梨乃がまともに話せなくなる。

大きな勘違いをしていると察した修平は、すぐに否定した。

「東雲君の所の、モデルの事だね。彼女はいきなり契約を持ちかけてきたんだ。今回限りで、今後は使うつもりはないよ。彼女に着てもらって、やはり君が一番だと再確認しただけだからね」

正直なところ、今回のパーティーでモデルを使う気は全くなかった。

梨乃以外のモデルが着ることを、修平だけでなく制作に携わった殆どのスタッフが難色を示したという理由もある。けれど企画会社に東雲がコネを使って強引にねじ込んできたのだ。

「断るつもりでいたんだよ。言い訳になってしまうけど、梨乃がいなくなってから、精神的にかなり参っていてね。断る気力がないところに、うまくしてやられたといったところだ」

「じゃあ僕は……修平さんが僕の事を要らなくなったって、勝手に思い込んでたんですね。迷惑をかけてごめんなさい」

「自分ばかりを責めるんじゃない！」

つい語気が強くなってしまい、修平ははっとして口を押さえた。

「すまない……」

「びっくりしたけど、嬉しいです」

見上げてくる梨乃が愛らしくて、修平はその柔らかな唇をそっと奪う。

互いの吐息を交換し、どちらからともなくより深い口づけに変えようとしたとき、クラクションが鳴らされた。

「おい！　兄の前でそういう事をするんじゃない！　俺は先日、振られたばっかりなんだ。少しは気遣え」

「兄さん……」

「七瀬さん、すみません、その」

「言い訳は後でたっぷり聞かせてもらう。とりあえず乗れ」

横付けされたのは、ジープを更に大きくしたような車だ。修平は先に梨乃を抱えて後部座席に乗せ、自分も後に続く。

「……兄さんが運転してると、すごく怖い人みたいに見える」

「だろう。それが狙いだ」

ドアを閉めようとしたその時、助手席を叩く音がした。

「おい開けろ！　うちのモデルを勝手に誘拐するな……七瀬さん、どうして」

浩一が窓を開けて顔を出すと、追ってきた東雲が顔を引きつらせた。どうやら関係のない運転手が乗っているのだと思っていたらしい。

「うるさい。弟は返してもらう」

「待ってくれ、こっちはまだ契約期間が残ってるんだぞ」

契約書をちらつかせる東雲に、浩一は最初こそ丁寧だが次第に感情の籠もった声で問い詰める。

「ええ、その件ですがこちらからもお話ししたいと思っていたところなんですよ。梨乃はまだ学生なんだが、登校日に外出させなかったんだってなあ？　そりゃ書面にはなかったが、常識で考えりゃ不味《まず》いって分かるだろ」

最初は丁寧に話していた浩一だが、次第に言葉遣いが乱雑になる。それが東雲の恐怖を煽っているようだ。というか、東雲でなくともどう見てもチンピラふうの浩一にドスの利いた声で詰め寄られれば、殆どの相手は逃げ出すに決まっている。

「なあ東雲、俺の事務所でじっくり話をしようじゃないか。今から俺の部下を、そっちに行かせてもいいんだぜ」

「……それに関しては、後日説明させて下さい」

強面の浩一に凄まれ、東雲は完全に戦意喪失状態だ。

後退る東雲に対して、修平は声をかけた。彼とはきちんと話をしておかなくては、気が済まない。

「待って下さい、七瀬さん。東雲さんには、私からも話があります。時間と場所は、後でこちらから連絡します」

「そうだね。先に大杉君と話をしよう。その方が、お互い理解し合える」

引きつった笑いを浮かべて立ち尽くす東雲を置いて、浩一が車を出した。


「修平さん、兄さん。ありがとう」

ほっとしたのか、急に梨乃の体から力が抜ける。安堵したというよりは、これまでの緊張が解けた反動で熱が出る前兆だと分かる。

「梨乃、顔が赤いね」

「ちょっと、疲れたみたい」

こうして修平の側にいると、自分がどれだけ無理をして東雲の所にいたのか嫌でも分かる。平気なつもりでいたけど、本当はとても寂しかったのだ。

「着いたら起こすから、寝ていなさい」

兄の言葉に頷き、梨乃は修平の肩に体を預ける。しっかりと抱きしめてくれる腕が心地よい。

暫くすると、車が停《と》まり兄が運転席から降りた。

何故か修平の事務所ではなく、兄の住むマンションの前だと分かり首を傾げる。

「歩けるか？」

「うん」

二人の手を借りて車から降りたが、どうしてか運転席に修平が乗り込む。

「借り物だから、使い終わったら戻しておいてくれ。返却場所はダッシュボードにプリントした紙が入ってる。かっこつけて久しぶりに運転したから疲れた」

「これレンタルなの？」

「友人からの借り物だ。もし東雲の部下が追ってきても声をかけづらい車を選んでみた。ああいうヤツには、ちょっと脅しをかけたほうが利くんだ。まあ俺の顔を見れば大抵のヤツはびびるんだが、ダメ押しってやつさ」

理屈がよく分からなかったが、兄がそう言うのなら何かしら意味があるのだろう。けれど言いようのない不安がこみ上げて、梨乃は運転席を見上げた。

「修平さん、すぐ戻ってくるよね」

すると修平と兄が顔を見合わせる。

「私は東雲と話をしてくるよ。こういった事は早い方がいいからね。七瀬さん、梨乃をお願いします」

「無茶はするな。なにかあったら、俺の名前を出せ」

「そうならないように気をつけます」

修平は軽く頭を下げると、車を運転して夜の闇に消えた。

「……兄さん、どうして止めてくれなかったの？」

「とりあえず、部屋に入ろう。熱が上がり始めてるぞ。顔色も悪いな。飯食ってないだろ？」

離れて暮らしていても、兄は一度も梨乃の体調不良を見誤ったことがない。次第に関節が痛み出し、全身が震え出す。

部屋に入る頃にはもう自力で動けなくなっていて、梨乃は兄のベッドに倒れ込む。

「嫌われた……きっと、誤解してる」

「梨乃？」

モデルを引き受けたのも、修平と共に住むことを決めたのだって梨乃自身が選択した事だ。決して強制された訳ではない。

「……東雲さんの所へ行ったのだって、僕が浅はかだったから……ちゃんと考えて、修平さんに相談すればよかったのに……」

「落ち着け、梨乃。大杉君のマンションか事務所に行けば、東雲が連れ戻しに来るだろう。まだ契約期間が残っているから、彼は直接話をつけに行っただけだ」

言葉は耳に入ってくるのに、混乱する梨乃は理解が追いつかない。

「僕、修平さんが来てくれて。浮かれちゃって、勝手に契約したこと謝りもしなかった。きっと呆れてる」

「そんな事はない」

「でも東雲さんの所へ行ったんでしょう？　きっと僕が、東雲さんと望んで留学するって聞かされてる」

「梨乃、今なんていった？」

「違うって、説明しなきゃ。どうしよう」

起き上がろうとするけれど、体に力が入らず梨乃はベッドから落ちそうになる。押さえつける兄が何かを言っているが、梨乃の耳には入らない。

「修平さんっ……しゅうへい、さん……」

脅されたとはいえ、東雲に同行してフランス留学を承諾してしまったのだ。東雲ならば修平に『座敷童として、見限った』と平然と嘘をつく可能性もある。

目の前がぐるぐると回り、意識が朦朧《もうろう》としてくる。体は殆ど動かず、隣で兄が何処かに電話をしているのが見えた。

――全部、夢ならいいのに。

目覚めたら隣に修平がいて、優しく頭を撫でてくれたらどんなに幸せだろうか。

そんな幸せを壊したのは、梨乃自身だ。

「――の、梨乃！」

呼びかける兄に、梨乃はどうにか意識を向ける。

「兄さん……僕……修平さんが、好き……」

どうにか途切れ途切れに言うと、梨乃は気絶するように眠りについた。


兄のマンションで療養していた梨乃の元に修平が訪れたのは、それから一週間後の事だった。

意識を失った直後、兄の呼んだ救急車で病院に運ばれたらしいが全く記憶にない。

急な高熱と、仕事でのストレスが原因だと兄の証言もあって、幸い一日だけの入院で済んだ。

昨日には熱も完全に下がり、その事を兄が修平に知らせて見舞いを兼ねて来てくれたのである。

リビングのソファに兄と修平が向かい合って座ったので、浴衣姿の梨乃は、自然に修平の隣に腰を下ろした。

どうしてか兄がとても悲しそうに見つめてきたけれど、気にせず修平に寄り添う。

「――これが契約破棄の書類です。こちらは、梨乃に渡して欲しいと言われた手紙ですが。どうしましょう」

修平が鞄から契約を破棄する書類と、彼からの手紙を出す。三人で顔を見合わせたが、そのまま捨てるのも悪い気がして、梨乃は真っ白い封筒を開ける。

それは少し意外な内容だった。

「『納得いかないが、君は大杉君のモデルでいる方が見ていて気分がいい。もっと成長したら、直々に雇いに行ってやる』だって」

「何様だこいつ」

東雲は契約を盾に、梨乃が修平の元へ戻る話を持ちかけてもなかなか頷かなかったようだ。けれど最終的には、こうして彼なりの謝罪があったのだから梨乃としては気にしない事にした。

「今回の件は、俺に責任がある。安易に契約をさせてしまって、悪かった」

二人に頭を下げる兄に、梨乃と修平もそれぞれ思っていた事を口にする。

「僕だって、ちゃんと話をしなかったから」

「七瀬さんが頭を下げる必要はありません、私が梨乃を不安にさせてしまった事がそもそもの発端です」

「……まあなんだ。とりあえずはみんな行き違いやら何やらがあって、あの自意識過剰男につけ込まれたって事で終わりにしよう」

とても前向きな浩一の一言で、謝罪合戦になりかけた場はとりあえず落ち着いた。しかし、これから梨乃がどうするのかは、まだ決まっていない。

梨乃は病院から戻ってから兄に『また修平さんの所で働きたい』と頼み込んでいたが、はぐらかされるばかりだった。

「書類の件は助かった。大杉君、礼を言うよ」

「いえ、私は……」

「しかし、梨乃の事はまた別だ」

強面の兄がわざとらしく声を低くする。修平が背筋を正すのが分かったが、梨乃はそんな彼の腕にしがみついた。

「修平さんは何も悪くないからね。僕が勝手に……」

「梨乃。私から話すよ。それがけじめだ」

改まった修平が、浩一に向かって深く頭を下げる。

「私と梨乃君は、恋人として付き合っています。私の人生に、梨乃はかけがえのない存在だと今回の事で確信しました。どうか交際を認めて下さい」

口をへの字に曲げたままの兄と、真顔の修平を交互に見つめる。とても梨乃が口を挟めるような雰囲気ではない。

――兄さんに反対されても、僕は修平さんについていくから。

そう決意はしているが、どのタイミングで言うのが効果的か分からず沈黙だけが長引く。時間にすれば一分も経《た》っていないが、兄が口を開くまでは酷く長く感じた。

「……そうなると思ってたんだよ。俺が梨乃の変化に、気付かない訳がないだろ。もうちょっと覚悟を決めるくらいの時間をくれたっていいじゃないか」

まるで一人娘を花嫁に出す父親のように、兄が涙声で訴える。

「七瀬さん？」

「兄さん、大丈夫？」

「大丈夫なわけないだろう。親は昔から仕事ばかりで、帰ってこないし。梨乃は病弱で爺さんとこに入り浸り。お兄ちゃんはとーっても寂しかったんだぞ！」

どうやら浩一は、梨乃が修平目当てで出てきた後は、それとなく同居に持ち込もうと計画していたようだ。兄弟水入らずでの生活は、高校の一時期だけで梨乃は殆ど病院から通っていたから相当夢が膨らんでいたらしい。

それを泣きながら話す兄に、修平の方が同情してしまう。

「梨乃、それならお兄さんと住んで。週末はうちに来るようにするのはどうだい」

「嫌。僕は修平さんの側にいたい」

「だよなあ……お前、寝込んでいる時は俺の名前なんて一回も呼ばないで『修平さん、大好き』って繰り返してたもんなあ」

「えっええっ。嘘……」

「嘘だったら、どれだけよかったか。あれでもう、兄は負けたって確信したんだぞ」

全く記憶にない寝言を教えられ、梨乃は真っ赤になる。

「父さんと母さんには、俺から話をしておこう。二人が戻ったら、改めて挨拶をするんだぞ。爺さん達は……お前が幸せなら、大して気にしないだろうしな」

「ありがとう、兄さん」

「必ず幸せにします」

「そうでなくちゃ困る。梨乃は俺の、自慢の弟だからな……ところで大杉君。聞きたかった事があるんだが」

それまでと雰囲気が変わり、浩一が声を潜めた。真剣な話をする時の癖なので、梨乃も真顔になる。

「なんでしょうか」

「まさかとは思うが、本当に梨乃が座敷童と信じているのか？」

問いかけに対して修平も真顔で返答する。

「流石に本物の座敷童だなんて思ってませんよ。その子孫なんですよね」

梨乃を見つめる修平の眼差しは、僅かも疑いなどない。梨乃は頬を染めて見つめ返しながら、頷いてみせる。

「僕は修平さんだけの座敷童だよ」

「ちょっと待て。そんな訳があるか。そもそも、座敷童なんてのが嘘に決まってるだろ。あれは組合が客寄せで作った話だって。梨乃も知ってるだろ」

否定する兄に、梨乃と修平は見つめ合ったまま答える。

「でも修平さんは僕が座敷童の子孫だって、信じてくれてるし」

「実際、梨乃には随分と助けられましたから。私にとっては本当の事です」

何かを諦めたような深い溜息をつき、兄がぽつりと零す。

「……お前達は、お似合いかもしれないな」

「ありがとうございます」

多分反対ではないのだろうと思い、梨乃と修平は笑顔になった。それを見て、また浩一が口を曲げるが、もう気にしない。

「そうだ、梨乃。これを受け取ってくれないか？」

「何ですか」

鞄から修平が取りだしたのは、彼が自分で染め付けをした布で作った鞄だった。

「スケッチブックと色鉛筆を入れやすいように、中を分けてある」

「あ、あの。これって」

結局、スケッチブックはゴミとして捨てられたままだ。あの時は修平に余計な心配をかけたくなくて話していなかったから、まだ梨乃が持っていると勘違いをしているのだろう。

けれど鞄を受けとった梨乃は、違和感に気付く。留め金を外して開けると、中には捨てられたはずのスケッチブックが入っていた。

「畑山君が、ゴミ箱に入れられているのに気付いていてね、清掃の人が来る前に拾ってくれていたんだ。元々は撮影が終わったら渡すつもりだったと話していたよ。畑山君が忙しくしていて私の所に届けられたのは、君が東雲と契約してしまった後だったんだ」

「そうだったんですか」

「君にも庇いきれなくて申し訳なかったと謝っていたよ」

「どういうことだ」

会話から不穏なものを感じ取った兄が口を挟むが、梨乃は静かに首を横に振る。

「兄さんは黙ってて。もう済んだことだから」

「だが、その様子だと虐められていたんだろう」

「スタッフの人達は庇ってくれたし、何よりこんな事で、企画が遅れたら意味がないからね。それに僕は、修平さんの側にいられるだけで嬉しかったし」

「撮影中に梨乃に対する虐めを止めさせられなくて、申し訳ない」

あれだけあからさまに無視をされていたのだから、修平へ報告が上がっていたのも当然だ。しかし咎めてモデルがボイコットをすればすぐに代わりのモデルが見つかるわけでもない。

一番の対策は、梨乃をできるだけ修平の側に置くか信頼できるスタッフを付き添わせる事くらいだ。

しかし人手が足りない現場では、完璧にガードするのは難しい。それは梨乃も理解していた。

「僕が虐められたことを隠してたんだから、気にしてません。それに、あの人達も、焦ってたみたいだし……そうだ、解雇されたって……」

彼女達を心から許す事はまだできないけれど、自分に関わったことで解雇となれば罪悪感はある。

「話が大分大げさになっているけど、彼女達は研修を兼ねた謹慎措置になっているだけだよ。不摂生を直すために、今はお寺で修行中だって聞いてる」

「そうだったんですね」

修平の言葉に、梨乃はほっと胸をなで下ろす。

「一部のモデルに関しては元々問題行動があって、スタッフからも苦情が出ていたんだ。新人虐めも目に余るようになってきていたからね。他にもモデル仲間とトラブルを起こしていた事が分かったから、これを機会に気を引き締めてもらおうって事になったんだ」

「うちだったら、梨乃に何かした時点で即解雇だけどな」

「兄さん、落ち着いてよ」

むすっとして話を聞いていた兄を、梨乃は窘める。守ってくれるのは有り難いが、時々行きすぎていると思うときもある。

「でも、本当に頂いていいんですか」

物は鞄だが、生地も模様も素晴らしいものだとひと目で分かる。それに修平は、今後を期待される作家なのだ。

その一点物を鞄に仕立ててもらえるなんて、夢のようだ。

「本当は、私の描いた総絵羽の羽織と帯に指輪を添えてプロポーズするつもりだったんだけれど。流石に間に合わなくてね」

「ぷろぽーず……」

「梨乃には公私共に、私のパートナーとなって欲しい」

耳まで真っ赤になった梨乃の手を取り、修平が続ける。

「本当は完成するまで秘密にしておきたかったけど、自分がどれだけ梨乃に支えられてきたか伝えたかったんだ。完成するまで数年はかかるんだけど待っていてくれるかい？」

「勿論です」

二人の世界に浸りかける寸前に、兄の声が響く。

「二人とも……俺の存在を忘れてるだろ」

「いえ、そんな事はないですよ。ちょっと視界から外れていただけです」

大真面目の修平に、がっくりと浩一が項垂《うなだ》れた。

「もういいから、さっさと梨乃を連れて行け。俺の前でいちゃつくな」

「ありがとうございます、七瀬さん」

ソファから立ち上がり頭を下げる修平の横で、梨乃も頭を下げる。そして早速、泊まり用の荷物をボストンバッグに詰めると、今にも泣き出しそうな兄に挨拶をして部屋を出た。


修平のマンションに戻ると、梨乃は彼に抱きかかえられ寝室に入る。そして二人はどちらからともなく、唇を重ねた。

「次の作品は、君の撮った写真を元にして、絵を描いてみたいんだ」

「僕の？」

「君は写真の才能があるよ」

軽いキスを繰り返しながら、梨乃はベッドに横たえられた。

「僕は、座敷童じゃないけれど。それでもいいんですか」

「君でなければ駄目なんだ」

舌先を絡め、角度を変えて口づけを交わす。浴衣の上から羽織っていたジャケットは脱がされ、久しぶりに抱かれるのだと改めて実感して背筋が甘く粟立つ。

「あ……」

キスだけで軽く熱を帯びた前を擦られ、梨乃は恥ずかしくて身を捩《よじ》る。けれど浴衣の帯を解き、はだけられた肌に触れてくる修平の手に動きを封じられた。

「すまない梨乃、どれだけ抑えられるか分からない」

――修平さんも、同じ気持ちなんだ。

普段穏やかな彼の目が、飢えた獣のように梨乃を見つめている。まだ外は明るく、カーテンも開け放ったままの窓からは陽光が差し込んでいて今更恥ずかしくなる。

真っ赤になり両手で顔を覆った梨乃の横で、修平が服を脱ぎ捨てる気配が伝わる。

こんな明るい時間に抱かれるのは、初めてだ。

「修平さん」

覆い被さってくる恋人を呼ぶと、少しだけ余裕をなくした笑みが返された。怖いのと、嬉しい気持ちが混ざり合って梨乃もぎこちなく微笑む。

「久しぶりだからね。辛かったら言うんだよ」

「平気です。修平さんに触れてもらえるのが嬉しいから……」

首筋を嘗められ、同時に胸を弄られると敏感な体はびくりと跳ねる。

「愛してるよ、梨乃」

「……っあ……修平さん。今日は、つけないで……して」

ずっと避妊具をつけていたから、修平の熱を直接浴びせられたことはない。梨乃の体を気遣っていると分かっていても、今日は修平をしっかりと感じたかった。

「僕に修平さんのものだって証を……ちょうだい」

「梨乃、愛してるよ」

優しい声と共に、足が割り広げられる。修平の指が後孔に触れるけれど、暫く触れていなかったそこは堅く閉ざされていた。

避妊具を使えば、付着している潤滑剤で簡単に挿入はできる。でも今は互いに、直接の触れ合いを望んでいた。

修平は少し考えて、床に置いてあった鞄から何かを出す。

「修平さん、僕は大丈夫だから。修平さんだけでも、気持ち良くなって」

「そんな事を言ってはいけないよ、梨乃。私は君と一緒に、感じたいんだ」

手に取ったそれを直接後孔にあてがうと、程なく冷たい何かが入り口から入り込んでくる。

「なに？」

「ハンドクリームだよ。今日はこれしかないけれど、次はもう少し楽にできるように別のもの物を用意しておこう」

また直接してくれるのだと分かり、梨乃は頬を染めてこくりと頷く。

本当は、ずっと前から避妊具なしで繋がりたかったのだ。

「ん、あぅっ」

指で入り口を掻《か》き混ぜられ、梨乃は久しぶりの感覚に身悶《みもだ》えた。けれど違和感を感じたのは最初だけで、程なく中が熱くなってくる。

「梨乃」

「ひっぁ……」

自分からしがみつき、梨乃は修平が動きやすいように腰を上げた。太股で彼の腰を挟み、両足首を絡ませる。

「あっぁ」

求めていたものが入り口を割り広げ、梨乃の中へと挿《はい》ってきた。

慣らされた体は、すぐに快楽を思い出し敏感な部分が熱を帯びる。

「修平さん、すき」

呼吸に合わせて入り込んでくる雄に、身も心も満たされていく。

「私の形を思い出してくれたようだね」

「あっ」

奥に先端が当たり、梨乃はびくりと腰を震わせた。僅かな動きにも反応する体を修平はしっかりと抱きかかえ、何度も敏感な部分を蹂躙する。

「ひゃっう」

「可愛いよ、梨乃」

「……ぁ…いっ、ちゃ……う……っ」

堪えきれず、梨乃は張り詰めた先端から蜜を放った。根元まで挿っている修平の雄を食い締めると、そのまま奥を捏ねられる。

過敏になっている部分を更に刺激され、梨乃の腰が跳ねる。

「あ、ひっ」

「梨乃」

根元まで挿入された雄が、中でびくりと跳ねる。そして次の瞬間、梨乃の奥に熱いモノが流れ込んできた。

——あ……修平さんの……。

生で感じる熱に、全身がかあっと火照る。

「辛くないか?」

「へいき、だから。もっと……」

梨乃は修平の肩にしがみつき、奥への更なる蹂躙をねだった。今度は動かれる度に、繋がった部分から湿った音が響き余計に羞恥が煽られる。

「んっ、く……ぅ」

「この辺りだね」

「おく、ばっかり……だめっ」

嫌々をするように首を横に振るけれど、内部はしっかりと雄を食い締めて離さない。

「もっとよくしてあげるから、怖がらなくていい」

「あんっ、ぁ」

しっかりと腰を固定され、弱い部分を狙って小突かれる。

修平は時折リズムを崩し、わざとゆっくりした抽挿をしたかと思えば、きゅっと窄《すぼ》まった瞬間を見計らって、根元まで埋めたりする。繰り返される甘い蹂躙に、梨乃の中は柔らかく熟れ、更に奥へと雄を誘う。

「んっ……あ……」

繋がりが深くなり、背筋がぞくぞくと甘く震え出す。長い絶頂の予感に、梨乃は頬を染めて恋人に強く縋りついた。

再び兆《きざ》して来た修平の雄が、二度目の吐精を迎える。

梨乃は拙《つたな》い腰使いで雄を煽り、信じられないほど奥まで彼の熱を受け入れた。

「……ぁ、ぁ……っ修平さん……大好、き……すき、なの……」

達しながら、梨乃は何度も彼への思いを口にした。喘ぎと告白で閉じられなくなった唇に、何度も修平が口づけてくれる。

呼吸の合間に告白を交わし、長い絶頂の余韻に浸る。

「梨乃……ずっと私の側にいて欲しい」

「はい」

繋がったまま、梨乃は嬉しさを抑えきれず涙を零す。

そして二人は長い時間をかけて、互いの愛を確かめ合った。

花よめ修行はまだまだ続く？

CROSS NOVELS

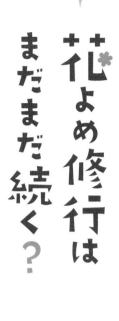

「いやあ、参った。最悪だ……」

待ち合わせに遅れてきたにも拘《かかわ》らず、浩一《こういち》は梨乃《りの》と修平《しゅうへい》に謝りもせず心底疲れ切った声を上げた。

「何があったか知らないけど兄さんからランチの約束しておいて、三十分も待たせたんだからさ。僕はともかく修平さんに謝ってよ」

「まあまあ」

ぷうっと頬を膨らませる梨乃を、隣に立つ修平が宥《なだ》める。そんな二人に、金髪で派手なスーツ姿の強面《こわもて》男がぺこぺこと頭を下げているので、通り過ぎる人は何事かとさりげなく視線を向けてくる。

「すまない、梨乃。大杉《おおすぎ》君も忙しいのに申し訳なかった」

「気にしないでください。とりあえず、予約した店に行きましょう。連絡は入れてあるので、席は確保してもらってます。今からだとアフタヌーンティーにも被《かぶ》るから、梨乃が気になってたスコーンも追加で注文できるよ」

それぞれに気遣いを見せる修平に、梨乃と浩一は顔を見合わせる。この三人の中で、ある意味一番気を遣われて当然の立場である修平が誰より気配り上手なのだ。

なにか計画を立てれば、いつの間にかスケジュール調整を完璧《かんぺき》にこなし食事でも映画でも希望通りのセッティングをしてくれる。それでいて、本家での細々《こまごま》したしきたりの調整や自身の展示会などの仕事も一切手を抜かない。

かといって無理をしている様子もないから、本人の能力が高いのだと浩一も認めていた。

初めのうちは反対こそしないが、梨乃が修平と付き合うことに微妙な不安を持っていた修平も、今ではすっかり信頼を置いている。

あらかじめ修平の予約したイタリアンレストランに入り、それぞれ好きなものを注文する。ランチなので、軽めのピザやパスタがメインだ。

ただ浩一だけは真っ先にワインをボトルで頼み、一気に飲み干すとテーブルに肘《ひじ》をついて頭を抱える。

「兄さん、どうしちゃったの？　まさか倒産？」

「まだ倒産の方が気が楽だ。実は数日前から、東雲《しののめ》がうちのオフィスに押しかけてきててな。今日もどうにか追い払って、出てきたところさ。なのに追いかけてきたから、必死に逃げた結果遅刻したんだ」

「東雲君が？」

「どうしてあの人が、兄さんの所に来るの？」

思い出したくない名前に、梨乃が眉《まゆ》を顰《ひそ》める。

馬鹿げた理由で自分を監禁し、嘘《うそ》をついて修平と引き離そうとした事は今でも許せない。

運ばれてきた料理を口に運びながら、二人は首を傾《かし》げた。

「東雲のやつ。まだ梨乃を諦《あきら》めてないんだ」

散々話し合った末にどうにか諦めたかと思いきや、東雲は何事もなかったかのように再び浩一のオフィスに現れたのだという。

そしていきなり『改めて梨乃と契約したい』と話したと言うのだ。

当然浩一は突っぱねて、ついでにわざと凄《すご》んで見せた。しかし真っ青になりながらも東雲は食い下がって来るらしい。

「あの無駄な自信と度胸だけは認めてやったが、だからって梨乃を騙《だま》して監禁したことを許した訳じゃない」

東雲が梨乃の兄を苦手としているのは、この場にいる三人とも知っている事実だ。確かに浩一は一見強面で近寄りがたい。

しかしそれは本人の体格と、服の趣味が所謂《いわゆる》アウトロー系なだけで浩一自身はいたってまともな人間である。

「……なんで僕なんだろう。前にモデルをした時は、文句ばっかりだったのに」

正直、梨乃には東雲が何故自分に固執するのか理解できない。

「梨乃はモデルとして、才能があるんだろうな。あいつは人の素質を見抜く目は確かだ。今は原石でも、磨けば何でも着こなすと考えたんだろう」

「それは同感です」

「じゃああの人は、僕にモデルの勉強をさせたいって事なの？」

「なんか講師の手配や、勉強にかかる費用は無償で提供するなんて言ってるからな。ありゃかなり、入れ込んでるぞ」

そう兄に言われても、梨乃にしてみればありがた迷惑以外のなんでもない。

元々梨乃は、修平のデザインに憧《あこが》れて同じ職業を目指したのだ。最近は修平の助言もあって、デザインより写真の方が向いていると気付いたから、将来の目標に関して迷いは出てきている。しかし、修平の作った服ならともかく、他人のそれも東雲の会社でモデルを引き受けるなんて絶対にしたくない。

不安げに隣の修平を見ると、安心させるように彼が頷《うなず》く。

「梨乃には私の専属としてついていてもらうつもりだよ。梨乃には申し訳ないけど、他の人のモデルはして欲しくないな」

「謝る事なんてないです。僕も修平さんの専属でいたいし」

大好きな人から、一番欲しかった言葉を聞けた梨乃はほっと胸をなで下ろす。そんな二人の遣《や》り取りを眺めていた兄は、苦笑しつつ肩を竦《すく》める。

「全く、相変わらずラブラブだな」

「すみません」

「いや、梨乃が大杉君と付き合い始めてから、大分元気になってきているから感謝しているよ。やっぱり家族だと、変なところで過保護になっちまうからな。恋人っていう立ち位置での支えになってくれて感謝している」

「兄さん……」

珍しく真顔で頭を下げる浩一に、梨乃は背筋を正す。この恋を応援してくれているのは知っていたけど、ここまで真剣に考えてくれているとは予想外だ。

「お前が幸せなら、俺はそれでいい。ただ頼られないのは寂しいから、なにかあったら遠慮なく頼れよ——そういや、じいさん達の所に挨拶《あいさつ》へ行ったのか？」

「来週行くって、連絡してあるよ」

修平と話し合った結果、梨乃は祖父母の旅館を出る事にしたのだ。月に数回実施されるスクーリングの会場にも近く、かかりつけの医者が以前在籍していた病院にも近いので、修平のマンションでも問題ないという結論に至った。

本当はもっと早く引っ越す予定でいたのだけれど、東雲の騒動もあってなかなか話が纏《まと》まらず、先日やっと目処《めど》がついたのだ。

引っ越し荷物を纏めるついでに、修平は梨乃と正式に付き合う旨を祖父母達に報告することになっている。

どうやら祖母は、電話の会話だけで薄々気付いたようで『赤飯を用意するからね』と言われてしまった。

「兄さんは、父さん達に、その……連絡したの？　何か言ってたなら、隠さずに教えて」

両親には兄が話をすると言ってくれたので、梨乃はノータッチだ。幼い頃から離れて暮らしていたせいか、どうも両親に対して梨乃は他人行儀になってしまう。

「あの人達は、お前に関しちゃ負い目があるからな。幸せになるためのサポートは何でもするってさ。欲しいものがあれば、遠慮すんなよ」

「私に関しては、何か仰《おつしや》ってましたか？」

「いいや。てか二人とも、そんな困った顔をするなって。うちの親は梨乃をじいさん達に預けて、仕事に没頭してたような人間だ。でも嫌ってる訳じゃないのは、分かってくれ」

実際、誕生日プレゼントは毎年届くし、入学、卒業など人生の節目にもメールではなく手書きの手紙が届く。

兄が修平との仲を連絡すると、すぐに結納など必要な品や経費が出るなら全て負担すると言ってきたらしい。

「親としては不合格だけど、あの人達なりの愛情表現なんだよ。世間じゃネグレクト一歩手前みたいに思われてるけどな……少なくとも俺は不器用な愛情だと思ってる」

家族の在《あ》り方は多様だ。

「私の実家も、複雑ですから。色々な形があって当然だと思います」

旧家と言われる大杉家だが、跡継ぎ問題では祖父がしきたりを破りいきなり孫の修平を指名した経緯がある。

他にも新規の事業を立ち上げる際も、全て修平の判断に任せてくれた。

「ともかくだ、俺も大杉君も梨乃を大切にしたいという気持ちは同じなわけだ。これからも宜《よろ》しく頼む」

「こちらこそ、宜しくお願いします」

テーブルを挟んで頭を下げ合う二人を、梨乃は目元を染めて見つめる。自分がどれだけ大切に思われ、修平の伴侶《はんりょ》になる事を祝福されているのか実感する。

「ああ、肝心な事を言い忘れてた。親から伝言。『大杉君、梨乃を宜しく頼む』だってさ。ちなみに、『梨乃を泣かせたら、地の果てまで追い詰める』ってさ」

物騒な言葉を笑いながら告げる浩一に、梨乃と修平は顔を見合わせてくすりと笑った。


食事を終えて修平と共に彼のマンションに戻ると、梨乃はシャワーを浴びた後に部屋着として使っている浴衣に着替える。

洋服は嫌いではないけれど、やはり長年着ているせいか浴衣の方がしっくりくるのだ。

「なにかあったら、すぐに連絡しろだなんて兄さん言ってたけど。東雲さんそんなに、しつこいのかな」

自分には過保護な兄だと自覚しており、これまでも大げさに考えすぎて祖父母達から窘《たしな》められたこともある。

しかし今回はやけに真剣な顔で忠告されたからか、梨乃も気になってしまう。

「彼は以前から、何故か私に対してだけ対抗心を燃やしているからね。浩一君が心配するのも無理はない。怖いなら、暫《しばら》く旅館の方に戻ってもいいんだよ」

「え……」

――そうだ。僕がいて一番迷惑するのは関係のない修平さんじゃないか。

まさかそう返されると思っていなかったので、梨乃は一瞬言葉を失う。兄の話からして、東雲の目的は梨乃を合法的に手に入れることだ。

自分が修平の側にいる限り、彼も巻き込まれてしまうなんて少し考えれば分かる。

「無理に帰そうというつもりで、言ったんじゃないよ。あくまで提案の一つだから、もし梨乃が避難を考えているなら正直に言って欲しい」

「でも、僕がいたら修平さんも迷惑ですよね」

「どうしてそう思うんだい？　怯《おび》えている恋人を守るのは、伴侶《はんりょ》として当然だろう。その方法として、一時的に離れる事が有効なら寂しいけれど仕方がない。ただそれだけだよ」

理路整然と話す修平に、梨乃は彼を見上げてこくこくと頷く。

感情的になりがちな梨乃と違い、修平は冷静に考えている。

――恥ずかしい。

自分は単純に、修平の側にいることしか考えておらず、その浅い思考に内心恥じ入る。

「ただ……」

言いにくそうに続けた修平の言葉を、梨乃は聞き逃さない。

「ただ？」

「君に横恋慕する相手のせいで、こちらが振り回されるのは癪《しやく》に障《さわ》る」

どんな時でも穏やかな物言いをする彼が、珍しく乱暴な言葉遣いをした。それがかえって、修平の怒りをより強く実感させられる。

そして東雲の執着が尋常でないものなのだと、改めて梨乃は理解した。

「すまなかった、梨乃」

「え？」

いきなり謝られて、梨乃は小首を傾げた。

「君を怖がらせるつもりはなかったんだ」

大きな手に優しく肩を抱かれると、梨乃は深く息を吐く。緊張のあまり、無意識に呼吸が浅くなっていたようだ。

「修平さん、僕怖かったわけじゃなくて。真剣に怒ってくれて嬉《うれ》しかったのと……怒った修平さんも格好いいなって、思って。パーティーの夜も、凄く格好良かったし」

慌てて否定するあまりつい余計な事まで口走ってしまい、梨乃は赤面する。真剣な話をしていたのに、これでは茶化《ちゃか》してしまったようなものだ。

「梨乃」

「はい」

「そんなに可愛《かわい》いことを言うと、本当に怖がるような事をしてしまうよ？」

大真面目《おおまじめ》に言われて、一瞬梨乃は怯《ひる》む。けれど真っ直《す》ぐに修平と向き合い、両手を握りしめてこくりと頷く。

「かまいません。僕は修平さんになら……なにをされても平気だから」

強がりではなく、本当の気持ちだ。優しい修平が、酷い事をするはずがないと考えている訳でもない。

——伝えるなら、今がチャンスかもしれない。

これまでも何度となく修平とセックスをしてきたが、彼は梨乃の体調を優先して決して無茶な要求はしなかった。

優しくされるのは嬉しいけれど、最近は修平が欲望を抑えていると分かってしまう時もあって、梨乃は複雑な気持ちでいたのだ。

「修平さん、その……我慢して寝ちゃう時がありますよね？　僕、そんなに弱くないです。だから気にしないで」

欲望を全て隠さずぶつけて欲しいと、梨乃は恥ずかしい気持ちを堪《こら》えて告げる。

「お願いします。僕だけじゃなくて修平さんも気持ち良くなってくれなきゃ、嫌……っ」

「どうして君は、私の理性を崩すのが上手《うま》いんだろうね」

抱き上げられ、寝室へと運ばれる。修平の声が普段より低く聞こえるのは気のせいではない。

「そこまで言われたら。止められないよ」

ベッドに下ろされ、欲情した雄の目で見つめられる。僅《わず》かな恐怖心が生まれたが、梨乃は平静を装う。

「……好きに、して下さい」

「君は勘違いしているようだから先に話しておくよ。梨乃、私は君を傷つけたり痛みを与えるつもりはない」

大きな掌《てのひら》が浴衣の帯を解き、合わせ目を開く。太股《ふともも》を撫《な》でられ、肌が甘く粟立《あわだ》った。

「君を私で満たして、意識を失うまで……いや、失っても快楽の中に留めて私を刻みつけたい。そうして乱れた梨乃を見たいんだ」

ぞくぞくと、淫《みだ》らな疼《うず》きが腰から広がっていくのが分かる。これまでだって、修平とのセックスでは何度も泣かされた。

けれどあれでは、まだ修平は足りていないのだ。

「平気、です」

梨乃はゆっくりと膝《ひざ》を立てる、すると修平の手がいくらか強引に割り広げた。そして修平は、徐《おもむろ》にスラックスを寛《くつろ》げる。

「修平さん……ぁ」

下着から張り詰めかけたそれを出し、修平が梨乃のそれと重ねた。先に反応してしまったのは梨乃で、ひくりと喉《のど》を震わせる。

「こうして準備をするのは、初めてだったね」

互いの熱が硬く張り詰めていくのが分かる。

急に恥ずかしくなって梨乃は顔を隠そうとしたけれど、修平に手首を掴《つか》まれベッドに押さえつけられてしまう。

「腰を好きなように動かしてごらん」

「ん……あっ」

腰を押しつけるようにすると、敏感な部分が擦《こす》れ合って梨乃は悲鳴を上げた。

「ぁ、いや……だめっ……とめられ、ない」

自分の性器を使って修平の雄を高めるという行為は、とてつもなく恥ずかしい。

――修平さんのも、硬くなってる。これ、僕のなかに……。

挿《い》れてもらうために自ら腰を使って、彼を愛撫している。この状況を改めて自覚した梨乃は、顔を真っ赤にして涙ぐむ。

「まだだよ、梨乃。これからもっと、梨乃には気持ち良くなってもらうからね」

会話の間に軽くキスをされるだけで、普段のような優しい愛撫は皆無だ。互いの中心を擦り合わせ、快感を求めるだけの動きはとても卑猥《ひわい》に思える。

なのに体は火照《ほて》り、いつの間にか梨乃は修平の雄を屹立《きつりつ》させる行為に夢中になっていた。

「あっあ、修平さん……」

「可愛いね、梨乃。もっと可愛くしてもいいかな」

「な、に?」

張り詰めた雄を下着から出し、修平が体を離す。そして梨乃の疑問には答えず、サイドボードの引き出しを探り、細い組紐《くみひも》を出す。

赤地に金糸の織り込まれたそれは、髪飾りなどに使われるものだ。

修平はそれを躊躇《ためら》いもなく、透明な蜜《みつ》で濡《ぬ》れる梨乃の根元に巻きつける。

「勝手に取ったら駄目だよ」

「……はい」

これで梨乃は、達しても射精はできない。どうなってしまうのか怖いのに、淫らな期待で体が疼く。

「梨乃の中を、もっと感じられるようにしてあげるからね」

「あっ、ん……」

「息を止めないでいてごらん。今の梨乃なら、このまま受け入れられる」

今日はまだ一度も解《ほぐ》されていないそこに、雄の先端が触れる。何度か先走りを入り口に擦りつけられるうちに、梨乃の最奥《さいおう》は自然に収縮を始めた。

まるで自分からねだるかのように入り口が動き、自然と力が抜ける。

「いい子だ」

「ーっ……ぁ、ぁ」

ぬぷりと音を立てて、雄が入り込んでくる。

僅かに体が強《こわ》ばったけれど、張り出した部分が前立腺《ぜんりつせん》に当たると途端に腰から快感が広がり梨乃は甘い溜息《ためいき》を零《こぼ》す。

「体の方は、すっかり覚えてしまっているね。けれど、流石《さすが》にいきなりはきつかったか」

入り口の近くばかりを弄《いじ》られ、焦《じ》れったい熱が溜《た》まっていく。

先端を含ませた状態で軽く揺さぶられたり、カリまで挿れては引き抜く動作が繰り返される。

早く深い場所まで愛して欲しくて、梨乃は自分で膝を胸まで持ち上げて秘所を曝《さら》す。

「……も、やだっ……おく……い……れて、っ」

「こんないやらしい体にしてしまって……君のご両親に叱《しか》られてしまうね」

「修平さん……だから。いいの……」

口づけるために上体を倒した修平の首に、両腕を絡める。そして梨乃は、太股で彼の腰を挟みぎゅっとしがみつく。

「っひ……あ」

一気に雄が挿入され、梨乃ははしたなく喘いだ。

焦らされていた分、内壁は刺激を求めて収縮を繰り返す。奥まで到達すると、修平は一旦《いったん》半ばまで引き抜いてから、今度は強く奥を突き上げる。

「あっ……いっ、ちゃ……う」

修平の背に爪《つめ》を立てて達した梨乃だが、自身の先からはとろりとした蜜が少し零れただけで射精には至らない。そこで梨乃は、根元に絡みついている組紐の存在を思い出す。

「……や、あっ……う……」

外したくても修平の片手が背に回りしっかりと抱きしめられているので、揺く腰を揺らすのが精一杯だ。

内部の痙攣《けいれん》は止まらず、梨乃は浅い絶頂を繰り返す。

「あ……あ」

「いつもはここで終わりだけれど、今日は続けるよ。いいね？」

問いかけてはいるが、梨乃の意見を聞くつもりがないのは明白だ。

硬いままの雄は、決定的な刺激を与えず、内部をゆっくりと捏《こ》ね回したり小突いたりを繰り返す。

梨乃が達しそうになると、修平は動きを止めて梨乃の中心が萎《な》えるのを待つ。

そして梨乃が落ち着きを取り戻す寸前で、再び激しく腰を揺さぶる。絶頂には至らず、かといって快感から逃れることも許されずに、梨乃は涙を零して乱れた。

「は、っ……ひっ」

――奥が疼いて……もう、我慢できない。

腰を揺らして誘ってみても、修平は奥まで届きそうになる度に動きを止めてしまう。組紐で根元をせき止められている自身も限界に近く、梨乃は喘ぎながら懇願する。

「お、願い……修平さん……っ」

「それじゃあ、どうして欲しいのか言ってごらん」

言えば欲しているい全てが与えられると分かっていても、羞恥心《しゅうち》が梨乃を躊躇《ためら》わせる。けれど敏感な部分をわざと外して内部を捏ねられ、残っていた理性もかき消えた。

「紐、はずして……中に、修平さんのちょうだい」

口にしてから、梨乃は真っ赤になった顔を見られたくなくて修平の肩口に顔を埋めた。今度は無理に引き離すようなことはされず、耳元で優しく囁《ささや》かれる。

「偉いね、梨乃。これから梨乃の好きな所だけ、沢山愛してあげるからね」

「しゅうへいさん……あっあ……んっ」

根元まで挿入したまま、修平は片手で組紐を外す。痛々しいほどに充血した幹を扱《しご》かれるけれど、焦らされすぎたせいかなかなか蜜が溢《あふ》れない。

——お腹の中、じんってしてるのに……っ。

溜まった熱を出したいのに、どうにもできないもどかしさで梨乃は嫌々をするように首を横に振る。

「梨乃、これからもっと悦《よ》くなるからね」

「あ、ひっ」

とん、と軽く突かれると鈴口に濃い蜜が浮かび、とろりと垂れた。けれど勢いのある吐精には至らない。

「なに？　なんで……ぁ」

「長く止めていたから、感覚が少し鈍《にぶ》っているだけだよ。だから刺激を与えれば——」

「ひ、ぅ……あっ……」

雄に奥を捏ねられた時だけ、蜜が零れるのだと梨乃は気付いた。

梨乃は次第に突き上げられるリズムを摑んでいく。

小突かれた瞬間に下腹部へ力を込めて食い締めると、より深い快感と長い吐精が得られると分かり、修平に抱きついて腰を振る。

「あ、あ。修平さんも……気持ち良くなって」

「梨乃」

「一緒が、いいの。だから……奥に、出して」

はしたないおねだりをして、梨乃は自分から修平に唇を寄せた。

大好きな人の熱をより深い場所で感じたくて、両足を彼の腰に絡める。修平も梨乃の望んでいる事を察したのか、唇を触れ合わせたまま両手で腰を摑む。

ぴたりと隙間《すきま》もないくらいに雄を後孔に密着させ、修平が円を描くように腰を揺する。

硬く反り返った雄に満たされた内部は痙攣を繰り返し、梨乃は甘い刺激に我慢できず泣いてしまう。

「あ、ぁ……——っ」

一際深い場所を抉《えぐ》られ梨乃が達すると、奥でどくりと先端が跳ねた。

勢いよく放たれた飛沫《ひまつ》が体の奥まで注がれるのが分かり、梨乃は深く息を吐く。けれど修平は動きを止めるどころか、抜く気配もない。

「修平さん……や、んっ」

硬さこそ大分なくなっているが、内部を刺激する程度の反りは残っている。

達して敏感になっている全体を、ゆっくりと捏ねられて繋がった部分から水音が響き、梨乃の羞恥を煽った。

「まって、まだ。あ、ぁ」

修平のような勢いこそなかったが、梨乃も蜜を放っている。なのに内側からの刺激だけで頭の中が真っ白になり。体は絶頂を繰り返してしまう。

先程までの焦れったいそれではなく、深い快感を突かれるごとに与えられる。

「っ……や、僕……ずっと、いって……だめっ、みないで……」

快感で蕩《とろ》け涙に濡れる顔に、修平の口づけが降る。

「可愛いよ、梨乃。君を誰にも渡しはしないからね」

「ん、あ……」

激しい抽挿の後、再び奥に注がれる。

意識を失いかけるが、修平は動きを緩やかなものに変えて梨乃が失神しない程よい愛撫をくれる。

そして梨乃が感じられるようになると、激しく蹂躙《じゅうりん》する。

繰り返される絶頂を梨乃はただ受け入れるしかなかった。


「……お腹、あつぃ……」

「よく我慢したね」

どれだけ愛されたのか分からなくなった頃、ようやく修平が自身を抜いてくれる。

梨乃の中心は萎えて蜜も滲《にじ》んでいないけれど、繋がっていた場所は甘い余韻と熱が残されていた。

――僕、中だけで……何度も……。

途中からは前立腺より更に奥を突き上げられて、達し続けていた。心だけでなく体も完全に、修平のものになったと改めて実感する。

「梨乃は理解していると思うけど、私はかなり独占欲が強い。もう君を、手放すことはできないよ」

「離さないって、言ったじゃないですか」

泣きすぎて掠《かす》れた声で、梨乃は修平の言葉を遮った。

「僕は修平さんだから、何をされてもいいし。その、今日みたいなのも……嫌いじゃないです」

途中から訳が分からなくなるほど乱され少しだけ怖かったけれど、激しく求められた事は嬉しかったと告白する。

「だからまた、してください……」

「全く、私の座敷童は可愛すぎて困る」

修平に抱き寄せられ、梨乃は素直に身を寄せた。体に力が入らず、梨乃は修平の体温を感じながら瞼《まぶた》を閉じる。

「しゅ……へいさん……おやすみ、なさい」

「お休み、梨乃」

二人が眠りについたのは、夜明けに近い時刻だった。

数日後、浩一に全く相手にされず業を煮やしたのか、東雲がアポなしで修平の事務所に乗り込んできた。

丁度、新作の浴衣を試着していた梨乃は騒ぐ声が気になって引き留める修平に構わず受付に向かう。

「久しぶりだね、座敷童君。じゃなくて、梨乃君」

「東雲さん」

受付の女性社員が申し訳なさそうに頭を下げているので、強引に入り込んだのは梨乃の目にも明白だ。

修平の存在を全く無視して、東雲が梨乃に向かって話しかける。

「改めて、仕事の依頼に来たんだ。梨乃君には、どうしてもうちのモデルになってもらいたい」

「……でも、ドレスは似合わないって、言ってたじゃないですか」

「その事だが、俺も考えてみたんだ。恐らく君は、緊張してただけだと結論が出た。それに君は、モデルの経験が殆どない」

自信満々で勝手な持論をさも当然のように話す東雲を、梨乃や修平だけでなく騒ぎを聞きつけてこっそり覗《のぞ》き見をしている社員達さえ、呆《あき》れた視線を向けていた。

「なんと言っても、俺の選んだデザイナー達のドレスが似合わない訳がない。これからは俺が直々にモデルとしてのトレーニングをコーチしよう」

とても人に物を頼む態度ではないが、本人は断られるなど微塵《みじん》も思っていないのはそのにこやかな表情から伝わってくる。

しかし梨乃は、彼の誘いをばっさりと切り捨てた。

「遠慮します」

「えーっ？　何か不満があるなら言って欲しい。俺と組んだら絶対に楽しいし、後悔はさせないよ！」

「東雲君。君は梨乃のお兄さんから、近づかないようにと言われているはずだろう？　それに梨乃は、もう私の専属モデルになると話が纏まっている。プライベートでも、梨乃の御家族には伴侶になる事を連絡済みだ」

そう修平が言い切って間に割って入ってくれるが、東雲は全く動じない。

「伴侶？　そういう手で来たか。しかし俺も男に興味はないが、君は特別だと感じた。だから俺からも、プロポーズさせてもらうぞ」

一歩も引かない東雲に、梨乃は内心頭を抱える。

「大体、恋人が虐《いじ》められていた事にも気付かない鈍感な男だぞ。そんなやつのどこがいいんだ」

「それとこれとは、関係ありません。それに修平さんが気遣ってくれていたのに、何でもない振りを続けてたのは僕です」

「そうだったのか。それは悪かった」

あっさり認めるあたり、基本的には素直な性格なのだろう。

——この人、楽天的って言うか。変な人だけど憎めないから困る。

殆ど騙される形で監禁されたことは、今でも梨乃は許していない。なのに彼の言動を聞いていると、嫌いになる事もできないのだ。

——素直すぎて、不器用なのかな？

「僕からしたら、修平さんの弱みを探すために部下を潜入させる、東雲さんのやり方の方がずっと狡《ずる》いと思いますけど」

「あれは戦略だよ」

「そんな事情なんて、知りません。ともかく僕は修平さんが好きなんです。東雲さんのプロポーズを受けるつもりはありませんし、モデルもしません」

横に立つ修平の背広の裾《すそ》を、梨乃はきゅっと摑む。

「そんな……俺の方が将来有望だぞ。俺の専属になれば、生涯何不自由なく生活させると約束しよう。大杉君のようなぼんやりした男だと、いつ家業が傾くかしれない」

なおも東雲は、めげずに言い募る。

「お絵かき遊びにうつつを抜かしているようなやつが、まともに経営が務まる訳がない」

「遊びじゃありませんよ。修平さんの作品は、海外でも認められてきてるんですよ」

絵羽《えば》模様の原画作りにばかり関わっていられないので進みは遅いが、発表した作品は海外からもアプローチが多く来ている。

「そんな事は知ってる」

苛立《いらだ》った様子で反論する東雲の言い分は、矛盾だらけだ。単純な嫌がらせで話しているというより、何かの切っ掛けを探しているような気がする。

不思議に思った梨乃は、素直に疑問をぶつけてみた。

「なんでそこまで、修平さんに突っかかってくるんですか？」

「突っかかってる訳じゃない。そもそも、絵が描けたとしても経営者は専念すべき事がある」

「修平さんは一生懸命お仕事をして、頑張って両立してます。大体、東雲さんは関係ないんだから、口出しすることじゃないと思いますけど」

「その、経営者らしくないのが気に入らないんだ」

周りで成り行きを見守っている社員達から、困惑が伝わってくる。

論点も梨乃の勧誘から修平の仕事に対する方針に変化しており、東雲の側《そば》に控えていた彼の秘書でさえ首を傾げていた。そんな不毛な言い合いを止めたのは、修平の一声だった。

「ところで、一体君は何をしに来たんだい？　梨乃はこの通り、公私共に私の側にいたいと言ってくれている。いくら君が私を非難しても、梨乃の心は動かないよ」

するとと今度は、何故か東雲が首を傾げる。

「だから、俺が言いたいのはだな……君達二人をまとめて、うちに勧誘しているとなんで分からないんだ？」

恐らく、その場にいた東雲以外の全員が頭の中にはてなマークを浮かべたに違いない。

「修平さん、分かりました？」

「いいや」

「すみません、うちの社長はなにか思いつくと、この調子で突っ走ることが多くて。多分、勝手に自己完結してて、社長なりに説明したつもりなんです」

この強引さが、勧誘する場面では役に立っているのだろう。秘書が説明している横から、東雲が得意げにたたみかけてくる。

「大杉君は実家のこともあるから、こちらの傘下に入ってもらうのは無理だと承知している。だからコラボをしようと計画しているんだよ。事務的な作業はこちらで全面的に処理をするから、大杉君には絵の制作、梨乃君にはモデルに専念してもらえる環境を整えて――」

熱っぽく語る東雲に、悪意は感じない。しかし梨乃達からすれば、あまりに突飛な事で修平と顔を見合わせて頷く。

「あの、気持ちは分かりました」

「しかし、その話を受けるつもりはない」

「全く君達は強情だな。お互いに利点しかないと思うが」

「ともかく今日は帰ってくれないか」

苛立った様子で口を開きかけた東雲に、彼の秘書がおずおずと言葉をかけた。そして梨乃達に、東雲から見えないように目配せをする。

「社長。急な話ですし、もう少し企画を詰めてからもう一度伺ってはいかがでしょうか？　大杉様もお忙しいので返事を急《せ》かすのは……」

「あ、ああ。こういった企画はしっかり取り決めがあった方がいい。こちらも今は受ける余裕はないが、検討はしよう」

「なら仕方がない。一度戻ってプランを立てるぞ」

肩を竦めて、東雲が踵《きびす》を返す。流石に申し訳ないと思ったのか、東雲付きの秘書が深々と頭を下げてから彼の後に続いた。

嵐のように場を引っかき回して去って行った東雲が視界から消えると、全員が同時に溜息をつく。

「あの、出しゃばってごめんなさい」

冷静になって考えると、梨乃のした事は全くの逆効果だ。

修平のように上手くあしらった方が、怒鳴りあいなどせずすぐに追い返せただろう。

「いいや、私もどうしていいか分からなかったからね。こうしたらよかったとか、考えるのはよそう」

「はい……そうだ。考えてたんですけど、もしかして東雲さんは修平さんが好きなのかも」

「彼は君が好きだと言っていたじゃないか」

同性に興味がないと宣言していた東雲が、当事者だけでなく他人もいる前で堂々と『プロポーズする』と言ったのだ。

いくらコラボレーションのためとはいえ、彼の眼は真剣そのものだった。しかしそれ以上に、東雲は修平とのコラボレーションにこだわりを見せた。

「でも僕に会う前から、修平さんにつきまとってたんでしょう？　勝手にライバルなんて決めつけてるし。やっぱり本心は修平さんが好きだけど気がついていないだけじゃ……」

「梨乃、その話はもうよそう」

思い当たる事があるのか、次第に修平の顔が青ざめていく。

——……修平さんも、なんとなく気がついていたのかな。

悩む修平には申し訳ないが、今の彼を見ていると守ってあげたいという気持ちでいっぱいになる。

「変な事言って、ごめんなさい」

「ああ、いや。考えすぎた私が悪いんだ」

「もし東雲さんが修平さんを口説いてきたら、僕が守りますから。安心して下さいね」

大好きな人を守るためなら、何でもできる気がする。

少し得意げに言うと、修平が苦笑しつつ頭を撫でてくれた。

「ありがとう、梨乃。その気持ちだけで嬉しいよ」

「僕は本気ですよ！　ずっと修平さんに助けてもらってばっかりだったから、今度は僕が守ります」

「無理はしないで欲しいな」

「でも」

子供扱いは不満だけれど、修平からすれば梨乃はまだまだ子供だ。

「そうだ、仮縫いが終わったら、一緒にフレンチトーストを作ってくれるかい？　朝から騒がせたお詫《わ》びに、スタッフ達に振る舞おう」

「分かりました」

修平がスタッフ達に『梨乃の作るフレンチトーストが美味《おい》しい』と自慢しているお陰で、一度食べてみたいと言われている。

ひらりと着物の裾《すそ》を翻し、梨乃は修平の手を握るとフィッティングルームに足を向ける。

「じゃあ、早く終わらせて準備をしないと。折角《せっかく》だから、他にも何か作りたいな」

トラブルもあるけれど優しい人達に囲まれ、恋人と過ごせる今は梨乃にとってとても幸せだ。いつか本当に、自分が修平にとっても座敷童になれるようにできる限りのことをしたいと思う。

「僕、これから沢山勉強して修平さんのお仕事も手伝えるようになって。修平さんだけの座敷童になりますね。あ、もう十分とか。そんな事は言わないで下さいよ」

「梨乃は本当に、私には勿体《もったい》ないくらい素敵な恋人で座敷童だね」

勘違いが繋いだ縁だけれど、今は互いにかけがえのない存在になっている。

「ずっと一緒です」

「ああ」

指を絡めて、しっかりと手を繋ぐ。これから先、どうなっていくのか分からないけれどきっと幸せな事ばかりだと、梨乃は漠然と思った。

あとがき

はじめまして、こんにちは。高峰あいすです。

クロスノベルスさんからは、十六冊目の本になります。ありがたいことです。今回はいつも以上に綱渡りでしたが、なんとか日の目を見ることができました。これも読んでくださる皆様と、編集さん。そして本を出すにあたって、携わって下さった方々のお陰です。


繊細なイラストを描いて下さいました、サマミヤアカザ先生。ありがとうございます。梨乃がとても可愛くて眼福です！

担当のN様、本当にありがとうございました。感謝の言葉しかありません。そして今回から新たにお世話になる担当F様。宜しくお願いします。

そして、家族と友人には頭が上がりません。沢山の方に支えられて、どうにか生きてます。


さいごまでお付き合い下さり、ありがとうございました。

またお目にかかれる日を楽しみにしています。

高峰あいす公式サイト・http://www.aisutei.com/

CROSS NOVELSをお買い上げいただき
ありがとうございます。
この本を読んだご意見・ご感想をお寄せください。
〒110-8625
東京都台東区東上野2-8-7　笠倉出版社
CROSS NOVELS 編集部
「高峰あいす先生」係／「サマミヤアカザ先生」係

CROSS NOVELS

はつ恋社長と花よめ修行

著者
高峰あいす

2017年9月23日　初版発行　検印廃止

発行者　笠倉伸夫
発行所　株式会社　笠倉出版社
〒110-8625　東京都台東区東上野2-8-7　笠倉ビル
[営業]TEL　0120-984-164
FAX　03-4355-1109
[編集]TEL　03-4355-1103
FAX　03-5846-3493
http://www.kasakura.co.jp/
振替口座　00130-9-75686
印刷　株式会社　光邦
装丁　磯部亜希
ISBN　978-4-7730-8859-5
Printed in Japan